最后的仪式

回喵星一路顺风

吴晔容　编绘

山西出版传媒集团

山西人民出版社

图书在版编目（CIP）数据

最后的仪式：回喵星一路顺风 / 吴晔容编绘.

太原：山西人民出版社，2025. 5. — ISBN 978-7-203
-13945-4

Ⅰ. I247.81

中国国家版本馆CIP数据核字第2025JS5498号

最后的仪式：回喵星一路顺风

编　　绘：吴晔容
出 版 人：梁晋华
策划编辑：刘　远
责任编辑：刘　远
复　　审：傅晓红
终　　审：梁晋华
装帧设计：吴晔容

出 版 者：山西出版传媒集团·山西人民出版社
地　　址：太原市建设南路21号
邮　　编：030012
发行营销：0351-4922220 4955996 4956039 4922127（传真）
天猫官网：https://sxrmcbs.tmall.com　电话：0351-4922159
E - m a i l：sxskcb@163.com　发行部
　　　　　　sxskcb@126.com　总编室
网　　址：www.sxskcb.com

经 销 者：山西出版传媒集团·山西人民出版社
承 印 厂：山西出版传媒集团·山西人民印刷有限责任公司

开　　本：787mm×1092mm　1/32
印　　张：6.5
字　　数：100千字
版　　次：2025年5月　第1版
印　　次：2025年5月　第1次印刷
书　　号：ISBN 978-7-203-13945-4
定　　价：68.00元

前言

终于，与你见面了。是平凡人笔尖的文学力量，是用黑与白做的一本有温度的书，是猫咪们为我们留下的宝贵的生命教育课程。

将近两年的努力，为的，就是这本书出现在你掌中的此时此刻。

生与死的课题，我们不常言说，却总以各种各样的方式遇到它。

故事中的猫主人们处于人生的不同阶段，面临不同的烦恼。相同之处是，她们都与一只或几只猫结缘，并经历过与猫咪阴阳两隔的告别。

有的主人与猫咪共同生活十八年之久，即使漂洋过海，依然带着两只猫的骨灰；

有的与猫咪的相处不到十一天，却已为它断断续续哭了一百八十多天；

有的猫咪给主人带来了答案，有的则种下了更多的疑问。

她们这样描述死亡：

我庆幸我没有看到它死亡的样子；

我庆幸它在我怀里咽气；

在面对几乎没有遗憾的死亡时，才能看到死亡本身的遗憾……

她们这样理解仪式：

提前的规划可以让不可避免的死亡更加舒适；

仪式是给活人用的；

撰写故事，出去走走，这些都是仪式，是积极自救的过程……

她们这样表达爱意：

骨灰罐静静地待在客厅的玻璃柜里，每天晚上这一层的灯都会亮着；

我一直想找一只和她长得很像的小猫；

我爱你，我很爱你，我真的很爱你……

她们从事各行各业，其中不乏与宠物直接相关的行业，如宠物行为咨询师，宠物殡葬师，兼职救助人。这些故事不仅仅是猫的故事，也是这些平凡、努力、有所坚持的人的故事。

　　在组稿的过程中，我们不仅为猫咪而感动，也因这些猫主人的生活变得越来越好而欣慰。

　　本书的第十三篇，我们为你留下空间，愿你的笔尖能自然流淌出属于你的故事。

刘 远

本书编辑

2025 年 4 月 22 日

目录

最后的仪式

猫咪　Momo
作者　小小肥鸡崽
职业　品牌主理人 & 插画师

读过木心先生的《童年随之而去》。

"孩子的知识圈，应是该懂的懂，不该懂的不懂。"

所谓不该懂的道理，木心先生大概是指某种人生的真相。而领悟了那种真相之后，就只能一路前进，没了徘徊，没有回头路了。

故事中，"我"跟随家人上山祭祖，"先感新鲜有趣，七天后就生烦厌"，连饭都食之无味。老法师特赠"我"一只名窑的小碗，青蓝得十分可爱，盛来的饭也变得可口。每次餐毕，"我"十分喜爱，亲自去泉边洗干净收好，日日小心，生怕摔破。

临走那晚，"用棉纸包了，放在枕边"，但一早，偏偏将这么重要的一个碗忘记了。下了山，到了船上，才想起来。闷不作声，闹着脾气，硬要母亲差遣船夫上山取碗。一船人就这么等着。

"船里的吱吱喳喳渐息，各自找乐子……心里懊悔，我不知道上山下山要花这么长的时间。"直等到船夫跑到近前，憨笑着伸手入怀，把这只失而复得的小碗送到我怀里。

然后，偏偏。

"……河面渐宽，山也平下来了，我想把碗洗一洗……用碗舀了河水顺手泼去，阳光照得水沫晶亮如珠……我站起来，可以泼得远些——一脱手，碗飞掉了！"

"那碗在急旋中平平着水，像一片断梗的小荷叶，浮着，氽着，向船后渐远渐远……"

木心于结尾处言："现在回想起来，真是可怕的预言，我的一生中，确实多的是这种事，比越窑的碗珍贵百倍千倍万倍的物和人，都已一一脱手而去……那浮氽的碗，随之而去的是我的童年。"

之所以长篇引用木心先生的文字，是感慨文学大师不愧为文学大师。以至于我在转述的过程中常觉自己在暴殄天物，删减的、窜改的每一处都减少了原本的文学魅力。

生活中，我常常陷入词不达意的窘境，好在也不必在文字方面要求自己过高，因为不靠这个赚钱，也不从事教书育人的营生。我是个画画儿的，也养猫，还有数年抑郁症的病史。

我的猫 Momo 在 2023 年 9 月 12 日离开了我。月底，姐姐带我去九华山散心，问我要不要写一篇关于离别的故事。

心中有无尽的难过，有时候却很难找到合适的修辞。我并不喜欢记录。但是姐姐能记住我说过的话，共情彼时的我。她让我意识到，梳理情绪、撰写故事的过程也是积极的自救过程。因为这一点，我决定尽力分享出自己的故事。

早在Momo离开前两周，我就有了一种悲伤的预感。

Momo从来很有分寸，那天晚上却失禁尿在床上。

在打扫的时候，我能感受到Momo的局促，带着点羞愧，带着点歉意。

Momo喜欢躺在我的枕头边睡觉。

那晚，我抱着他，听到了生命在流逝的声音。

我想我是疯了，像是《少年Pi的奇幻漂流》中的男主角，濒临疯狂时低头看向深夜的大海，觉得自己窥视到了某种宇宙的真相。

生命流逝的声音到底是什么样的声音？我再次感到自己言辞匮乏。

所谓"流逝"，总让人想起水流。

但是，不是那样的。

那是一根风筝线即将断裂的声音。

"铮铮"几下，线还连在手上。下一声"铮"随时会到来，我知道，这根线很快就会断掉，只是不知道是两声还是三声"铮"之后。

而更多的是灌耳的猎猎风声。越是关键的时刻，那让人震颤的"铮"声越是因那猎猎风声，听不清。不知是不是一种自我保护机制。

Momo 离世前一周，我总是忍不住想起年初离世的外婆。

外婆的离世，其实算得上世人认为的圆满。年龄方面，外婆算是寿终正寝。人情方面，即便是疫情很严重的时候，外婆也等到了远在国外的妈妈回到身边。

外婆每次叮嘱我什么事的时候总会加一句"以后你就听不到外婆这么和你说了"，我一度感到厌烦，会想明明精神头十足的外婆却总说这种丧气话。等到大学时出国留学了，距离拉开，有恃无恐的自信被打磨了干净。我很害怕，我开始倾诉我对外婆的思念和爱意。

可是哪有那么多时间留给我们呢。见到风尘仆仆的女儿后，外婆在全部亲人的拥簇下离开了。

外婆的去世让我明白，在面对几乎没有遗憾的死亡时，人才能体悟死亡本身的遗憾。那种"留不住"的感觉。

用力抓着手中的柄，却因猎猎风声中刺耳的"铮铮"声而颤抖。最后只能在某个发怔的瞬间，看着自己的风筝越飞越远，直到看不见。

如同木心的故事中，所有人都没有错，甚至是美好的，他却依然看着小碗随着河流渐远，只余指尖以触感形式存留的记忆和遗憾。

Momo 的生命的最后的几声"铮"，发生得紧密，猝不及防。

在医院，医生说需要打点滴续命，可能还需要输血。Momo 的贫血可能是因为肾病，也可能是时间到了产不出血了。我犹豫了很久，决定把他带回家，自己打针护理。

我陪了 Momo 一整晚。Momo 对我的每一次呼唤都有回应，好像是在安慰我，也好像是想再多看我两眼。

他也很舍不得吧，虽然呼吸困难，但是把家里角角落落都走遍了。熬过了一晚。医生在微信上说："可以找另一款进口药，肯定有用。"中午的时候，我已经联系好了国外的朋友，说是过两天就能带回来。

男朋友提前下班回来，说："没问题的，Momo一直很坚强，肯定能挺过这一关的。"

我应和着男朋友，畅想了一会儿未来。我和他交接好，决定去睡一会儿。

"Momo……老婆你快来看看！他是不是呛到了？"男朋友忽然急促地呼唤我。

我还没有完全清醒，却已爬起来，掰开Momo的嘴，使劲看，尝试去把卡住他的抠出来。

可其实，我什么都没看到，当然什么也没抠出来。

难以释怀的是，希望在冉冉升起的时候戛然而止。

十几分钟前，我们还在畅想未来。十几分钟后，我们的未来没有Momo了。

他永远离开了我们。

有灵魂的躯体，是有力量的，有股生命的韧劲。失去生机的躯体，很软，软到没有骨头。

Momo在8岁才成为我的猫，衣食无忧，走的时候15岁了，是在家人和朋友爱的环绕下离开的。按猫的年龄也算得上寿终正寝。但是，猫的离开和人的离开不一样。哪怕他按照人的年龄已经七十岁、八十岁了，离开的时候，主人都会有一种"丧子之痛"。

Momo的离开是十分体面的，我们联系了宠物殡葬服务，当天晚上举行了离别仪式，送到殡仪馆时，他虽然身体没有了温度，但还是软软的，我摸着他软软的肚子摸了好久。

对Momo的养育以及临终的救治和关怀，我问心无愧。

可是。

在面对几乎没有遗憾的死亡时，才能看见死亡本身的遗憾。

而之后无数次回想起的，不是那温馨的仪式，不是那正式的火葬，也不是他离开时我的号啕大哭。

而是他最后的眼神。

不舍，落寞。

那个时候，我又止不住想起了我的外婆。

他们都有着世俗意义上的没有遗憾的死亡。

但是，有牵挂，又怎么可能没有遗憾呢？

Momo无法讲话。外婆最后讲不出话。但他们的眼神，传达了同一个意思。

我要离开了。

我想再陪陪你，但是没办法。

真的有"最后的仪式"这种东西吗？

我曾经有一种冷峻到偏激的视角。我觉得最后的仪式，或是给心虚的人表演用的，或是给活着的人自我安慰用的。在那些仪式上，我或是审视者，冷眼旁观，或是局外人，无所适从。

姐姐却说，人需要仪式，写作、流泪、去山上走走，都是仪式。

我明白了，仪式是给活人的东西。我们确实需要仪式。

葬礼，并不一定是最后的仪式。非要说的话，在那之后，我一个个发信息，告诉认识我们、喜欢我们的人 Momo 离世的消息，这个过程似乎更接近"最后的仪式"。

同时，一个仪式不会让真正爱着的人释怀。

我与那份"留不住"的感觉会在今后的无数个瞬间不期而遇。

比如，某个午后，余光瞄到角落一个白色和奶油色交融的毛茸茸的东西，虽然马上意识到是一条杂色的围巾，或是两件裹在一起的 T 恤，心绪却跟不上理智。那片刻的呆滞形成一个时间上的真空，是顺畅的时间线上凝结成的一个无意义的尖锐突起。

像把沙子，攥得再紧，也要放手。却有些留在衣服上的、落在鞋里的，会在日后某个瞬间被抖落。

我们的生命也许就是由无数的"留不住"组成的。

我们通过仪式回头看，我们通过仪式向前走。

我画下他，我写下他，我通过无数的仪式去纪念他。

不论如何圆满，我都留不住他。

但仪式可以赋予人勇气，我选择开始，选择记住，选择直面，直面那生命和陪伴的美好，和死亡本身的遗憾。

那么你呢?

你生命中那些欣然和哀伤,你所理解的仪式又是怎样的呢?

现在,空间留给你。

我们每个人和毛孩子的这些微小的故事碎片,一同汇聚成这个宏大时代的一支暖流。

十八年后的分别

猫咪　松鼠 & 柚子
作者　古雪
职业　宠物行为咨询师

在我的两只猫柚子和松鼠相继离开后，我曾写了纪念文章发在网上。这次为了出版又改了一次。这已经是一年半以后了，我已经在法国，和我的家人，以及我的一只狗、一只猫住在森林附近的小镇上。作为宠物行为咨询师，我希望这样能给他们更加自由、自在，更贴近他们本性的生活环境，让他们从过度喧闹、拥挤，同时也是危险的大城市生活中解脱出来，减轻对于动物来说过度的压力，同时也可以减少我们人类对他们过度的控制，让大家都放松下来，自如地呼吸、散步和奔跑。

松鼠和柚子，曾经陪我度过了18年的两只猫咪，没能和我们一起来法国。在2023年秋天我们出发前，她们陆续离开了我。当然，我还是把她们带来了，在两个猫型骨灰罐子里；还有一个心形盒子，里面装着松鼠的黄色、褐色和白色的柔软毛发；一个有柚子爪印的相框；还有装着她们火化后留下的牙齿的小瓶子。

现在她们和这些纪念品都静静地待在客厅的玻璃柜里，每天晚上我们都会给这一层开灯，然后和她们说说话。昨天我梦见了柚子，在梦里她远远地看着我，还是她非常动人的漂亮的模样，还是那么温柔的性格。我现在很珍惜有她们的梦，那代表她们又来看我了，每次梦见她们以后，我都会仔细地把这些梦再回想一遍，并重温梦中她们依然鲜活、并不带有死亡阴影的，那种存在的温度。

对于逝去的人和动物，也许我们应该学会忘记，学会放开手，并真正面对这个没有他们的世界，但我不愿意。我依然故意让自己沉浸在留有她们气息的，生死边界模糊的那个世界上，我不愿意告别，因为告别就意味着我将彻底失去她们，而她们留给我的回忆也会像失水的鱼那样逐渐干枯，消散，不，我不想告别，我只想留在她们毛茸茸的柔软的触碰中，这样互相牵扯着，一直走到人生的最后。

柚子的离开

柚子是先走的那一只。她比松鼠小三个月，是一只黄白的中长毛猫咪。可以说她是从前主人那里"主动跳槽"到我家的。当我去看她的时候，她向我展示了自己全部的外表和性格的魅力，让我把她带回了家，同时也让松鼠接受了她。

2023年春天，她的离开，应该说是在我预料中的。

前一年夏末，她几乎到了完全不吃的地步，那时候天气突然凉快，她又恢复了部分食欲。虽然她还维持着日常的生活，依然每天晚上寸步不离地贴着我睡觉，但她确实在明显地衰弱下去。她的骨刺已经达到了要用止痛药的地步，她的行动变得更缓慢，休息的时间变得更长，同时对其他人和动物的接近都感到不耐烦，就连松鼠给她舔毛，时间长了她也会哈气，躲开。但同时她又是非常坚强的猫咪，每次体检，医生总觉得她肯定不行了，但她的指标总是比松鼠的更好。遭遇病痛时，她有更强的求生意志，同时对我们给予她的各种治疗，也总是以最大的耐心承受，也许就是这样，让她活到了 18 岁这个年纪。

到了那年春天，她的食欲果然开始越来越差，最终到了每天都靠灌食维持的地步。虽然她依然温柔地接受了灌食，但她慢慢缩小自己的生活范围，最后几乎每天都只在圣诞节送她作为礼物的小帐篷里待着。晚上睡觉我把她抱上床，她也马上就离开，又到帐篷里团着去了。

这样过了快一个月的时间，大家都逃避着现实，不肯做出决定。终于还是我做了决定，5 月 4 日那天，我们带她去做了安乐。那天我抱着她同白兰、骨头（我的布偶猫和金毛）以及松鼠告别，她已经感到有些不耐烦，到松鼠的时候，甚至哈了松鼠，但松鼠并没有介意。在车上她也很安静，她也许以为这又是一次折腾自己的检查，而不是永别的时刻。

一切都很慌乱，到了医院，我不知道该对她说什么。医生开始给她注射，一针药才打了不到一半，大概是几秒钟的时间，我看见她鼻头的粉色突然消失，她瘫软下来，死亡在那一瞬间，就在我眼前如此清晰地降临了。那个场景始终印在我的心上，就像从悬崖上纵身跃下的瞬间，我仿佛看见阴阳之间的界线，而柚子就在那一秒里，跨到了线的另一边。那个场景让我震撼，当时我不禁想，如果是人的安乐死，大概也就是这么短的一点时间。

工作室的同事也来送了柚子，她给柚子梳了毛，我们整理了她最后的样子。后来我终于又有勇气的时候，我看了当时拍下的最后时刻的视频，但是没有人拍到了那个瞬间，柚子穿过阴阳之界的那个瞬间。似乎只有我看见了那个瞬间，也许是作为柚子此生最信任的人，我才有幸在那一刻，独自经历了她的离开。如此脆弱的一根隐形的线，如此迅速而轻易地，她就跨了过去，在那一刻，我们之间的联结断开了，她松开了我的手，从此以后，我们就像一张纸的两面，再也无法相遇了。

我把柚子放在预先买好的纸盒里，我抱着她，在去火化的路上我始终抱着她，抚摸着她的毛发。她依然是温暖的，但我知道她已经走了。她留在我手上的触感，让我想到过去的这几年的每一个夜晚，她在我身边睡觉，总是试图以某种方式挨着我。如果我仰躺，她会趴在我肚子上，如果我翻过身去，她也会靠在我腿弯曲的位置，始终有一部分是贴着我的。就因为这样，睡觉时我不断地挪动，她不断地贴上来，早上醒来时，我常常发现自己已经在床上睡成了一条对角线。那种小小的，微薄的触感，就是一只猫对你全部的信赖。

在火化的地方，我把买的花剪下来，摆在她的周围。我坚持没有让任何人代劳，全部都自己来做，也没有进行任何宗教性质的仪式。我拍下她最后的样子，送她到炉子前面。然后我们带回了她的骨灰，装在一个小白猫样子的骨灰罐里。非常小的罐子，很难想象她最后会变得这么小。我从骨灰里捡到了她的两颗犬齿，装在一个小瓶子里保留了下来。

第二天起床，我们不再需要给她灌食，也不再需要紧盯着年轻的白兰，阻止他去找柚子玩，让柚子不高兴。家里有一种久病之人离去后的空洞感。不再需要做那些事了，但这种松弛，这种多出来的时间，一切都在标明那个空洞，每个人心里的空洞。我不知道白兰是怎么想的，但之后的一天，他经过柚子之前一直待的那个帐篷，突然做了一个伏击动作，似乎要伏击里面已不存在的柚子，扑到空空的帐篷里，他停了一下，离开了。很长时间，那个帐篷都没有猫再进去，直到三个月后，白兰才再次进入，在里面短短地待了一会儿。现在这个帐篷也随着我们到了法国的家里，我想白兰应该能闻到，那里面依然保存着的一点柚子的气味吧！

　　在之后的日子里，我有时会感到，她就像坐在一艘小船上漂走了，离我越来越远。她不能像人类那样写信，没办法给我留下只言片语。我保有的记忆唯有她在我身边时的那一点小小的触感。我继续用一些以她为主角拍的教学视频给宠物主人们讲课，讲课时我看到那些视频，仿佛那是她，又仿佛那不再是她。我苦于无法存留她的真实感，我也害怕她终将远去，带走所有的痕迹。一天晚上我上了一节猫肢体语言课，里面有一个松鼠和柚子互相碰鼻子打招呼的视频，我默默地自己又看了一遍。也许松鼠并不想放开她的手，她也去那个世界了，这样她们就依然能互相打招呼，碰鼻子。

亲爱的柚子。

松鼠的离开

因为松鼠和柚子几乎是同龄的，所以很久以前我就问过自己这个问题：如果她们俩有一个要先走，你更希望谁留下来？以前我总是告诫自己不要偏心，但随着这个问题日益迫近，我不得不承认，我的答案是：我希望松鼠能留得更久一些。这不仅是因为松鼠在两个月断奶后就一直和我在一起了，我熟悉她从走路都不太稳的时候到现在的点点滴滴，更是因为她们不同的性格使然。柚子温柔、顺从、隐忍，但似乎缺少一些主动性，一些探索精神。她留给我的记忆，就像一首节奏舒缓而稳定的钢琴曲，平稳而哀婉地弹奏下去。而松鼠却是个性十足的，她总是主动表达意见，参与我生活的方方面面，充满好奇心并勇于面对所有挑战。甚至我总觉得，她始终以那样淡定的心态看顾着我，支持着我，她就像是家里的主心骨。

也许作为一个训练师，用这么拟人化的描述不太恰当，但我想，这并不是脱离科学的表述。无论是人还是动物，遗传、社会化和成长经历，都在塑造着他们的性格。在成为训练师后，我曾经多次回想，到底是什么样的社会化和早期经历造就了松鼠这样大胆、充满好奇又对人和动物都如此友好的完美性格呢？也许是因为她有一个亲近人的妈妈（我没有见过她爸爸），她生在一个餐厅里，大家都很爱她，给予了她最初的关爱。到了当时还是大学生的我的家里后，我们常常一群朋友聚在一起，也时不时带她外出，带她见各种猫。那时我们并不懂动物行为，我们只是单纯想要和她分享这个世界上好玩的事物，而正是这些经历造就了她适应性超强的性格。这种经历是以后的我无法复现的，也因此显得更加宝贵。

在她走的那天，我想，当我把两个月的，像一个小毛球一样的她带回家的那天晚上，我能想象她会陪伴我 18 年之久，并一起度过如此丰富生动的岁月吗？如果那时候我能透过水晶球看见未来的一切，我会用怎样的眼光看待她，又能否更珍惜她的点滴呢？松鼠和我一起，先后在三个城市生活过，坐过两趟飞机，还坐车到广州待过十天。她随着我搬过无数次家，见过很多来我家短暂寄养过的猫咪，在十几岁的年龄又接受了新的家庭成员，金毛骨头和后来的布偶猫白兰。更不用说她见过多少人类朋友，也去过别的朋友家短期生活过，给他们带去有趣的记忆。她经历的丰富性甚至超过了很多人的生活。

有很多年我并没有特别珍惜这种陪伴，当我成为训练师后，我才真正意识到松鼠的性格有多么难得，而她和我的默契，就像我在这个职业上所追求的，达到了两个生命间能有的高度融合。我无法形容她对我的感情，她能在我的怀里待上几个小时，陪我看书，看电影，她很话痨，总是在对我说话，无论是开心还是有所需求时都是这样。她有非常美的三花猫中并不常见的绿眼睛。她对柚子很有耐心，即便在柚子最后几年不太耐烦的时候，她也没有生气过。我的特别熟悉的朋友们都记得松鼠，松鼠已经不仅是一只猫，而是我们之中的一员，也是我们年轻时美好回忆的一部分。

松鼠的慢性肾衰已经持续发展了好几年了。但猫咪是一种神奇的动物，即便肾功能所剩无几，他们也依然可能依靠着这一点功能，再活一段时间。松鼠的指标虽然一直在缓慢地恶化，但并没有达到非常危急的程度，而她始终是充满活力的，每次和柚子去体检，医生总觉得柚子肯定是不太行的那位，而松鼠一定很健康，事实上，松鼠的指标并没有柚子好，但她表现出的健康状况确实是超过柚子的。我想这就是精气神在生存这件事上产生的神奇的作用，松鼠凭着她精神的活力，确实比柚子饮食状态更好，体力和精力也更好。

一切都在柚子5月4日走了以后发生了变化。柚子最后的几年，除了对我非常依赖，对其他动物和人都不太亲近，即便是松鼠每次也只能在较短的时间里和她亲密接触。所以我本来以为，松鼠并不会受到柚子离开的影响。但柚子走后的两周，松鼠就明显地出现了问题。她的便秘问题变得严重，然后开始完全不肯进食，即便我们解决了她的排便问题，也给了她促进食欲的药，她最终也只是勉强恢复到了之前一半的水平。接下来她变得挑食，也常常自己独自待在二楼书房里，而不是像她18年来一贯的那样始终黏在我的身边。我不知道她是如何理解柚子的离开的，但我感到她顽强的生存意志好像一下就瓦解了，由此带来了身体的崩溃。开始我完全没有预料，手足无措，甚至无法面对日常事务。后来她慢慢恢复，我以为自己终于把她从死亡线上拉了回来，以为她还愿意继续陪我一段时间。但我错了，在好转了一段时间后，她又开始食欲降低，躲避的情况也更多……

那段时间我们一直在准备出国的手续，经历了很多焦虑等待的时刻，而松鼠也在支撑着我一路走下去。七月中旬我去上海递签，当时松鼠的状态又开始走下坡路了。我离开的五天里，每天都在关注她每一顿的吃饭情况。但她依然顽强地等到我回来，等到我拿到签证（我努力了几乎一整年的结果）。我们再带她去医院检查，发现她的肾脏指标已经爆表，进入了急性肾衰的阶段。医生建议连续几天每天输液八小时，这意味着要把她关在医院的笼子里几天，我拒绝了，也拒绝了住院的建议。我知道即便是那样，也可能只能延续她一小段的生命，但我不希望她在这时候还受这样的折磨，我也绝对不会把她留在陌生的医院里，甚至冒着见不到她最后一面的风险。最后我们决定每天去做几分钟的皮下补液，作为一种保守治疗，来缓和她的症状。

接下来每天下午，我们都要带松鼠去医院。医院并不是很近，开车要快半小时才到，到了又需要等待医生有时间处理，一般都要花一个半到两小时。做了两天补液，台风来了，还是一个强台风，我非常担心当天无法带松鼠去补液，也担心万一她状态突然恶化，在台风天甚至无法做后续的处理。我心里一直念着，千万不要出事……

她挺过了台风天，台风登陆后的下午，风几乎停了，雨也小了，我们还是带她去了医院。虽然她已经只能靠灌食维持，每天也都待在一个角落里，腿脚已经没有力气再上二楼，但她还是保持了这种状态，又度过了快两周时间。接下来的几天，她看起来有了一些好转，虽然还是不吃和躲避，但会待在更开阔的位置，甚至又可以有力气跳上猫爬架，走上二楼去了。去医院复查，指标也有好转，我甚至一度期望，她是不是有可能恢复到能和我们一起坐飞机的程度。然而有一天她出现了几次呕吐，这很可能是急性发作的症状之一，但她的精神并没有变差。第二天我们在医院又做了一些检查，她很安静地配合做了 B 超，在等待补液时我一直抱着她，她也没有想要离开。能够再次这样静静地抱着她让我非常欣慰，就像又回到了我们过去的时光。

到了傍晚，我先生的签证也收到了。可以说，松鼠看着我们完成了最重要的步骤。晚上她的状态突然就恶化了，精神非常低落，灌食也很痛苦的样子，一动不动地窝在窗台下面的墙角。我预感到她可能坚持不下去了。睡觉前我把她抱到卧室，她就靠着床边趴在地板上，我以为她会像之前那样离开，躲到书房去，但早上醒来时她还在卧室。她和我一起度过了最后的一晚。但那时她已经变得非常虚弱，甚至无法进出猫砂盆，我移动她时看到地上有尿迹。和医生通了电话，医生表示，如果她接下来没有好转，恐怕很难再继续坚持了。我们决定等到中午再做决定。

这期间我一直陪着她，她有时会小声地叫，似乎非常难受。快到中午时，我想这是时候了，我不能再让她继续受苦，她守护我们到了最后一刻才选择离开，我们不能再强行挽留她了。我给同事发了信息，也给熟悉的朋友发了她的视频，然后我们给她写了告别信。我们摘了院子里正在盛开的月季和蓝雪花，临走前，我带她和白兰、骨头告别，她虽然很虚弱但依然对他们很友好，没有像柚子那样不耐烦。

在去医院的路上，她的头靠在我的手上，毛茸茸的小脑袋，依然那样温柔可爱。我想，这次我要好好地跟她道别，但依然不行。事实上，说什么都是不够的，而她已经很难受，没有办法很好地回应我了。我以为会看见她经历像柚子那样的过程，看到她跨进死亡国度的瞬间，我一直抱着她的头，看着她，但她没有变化。她到最后也没有完全闭上眼睛，我完全看不到生命离开的迹象，她依然像活着时那样半睁着眼，只是绿色似乎从眼睛里渐渐消失了。

松鼠真是让人惊奇的猫咪。在去火化的路上，在到达火化场地后，在我让她抱着我们从院子里摘来的小花束、然后把其他花朵装点在她周围时，甚至到最后用毯子半盖住她时，她始终就像活着时那样。死亡没有征服她。这次我全程观看并拍下了她火化的过程，从送她进火化炉，到炉子拉开的瞬间，到冷却后看到她没有磨成粉的小骨头，并把它们捡进骨灰罐里。捡骨头的时候，火化的人告诉我，这是她的头骨，这是她的脊椎，这是她的牙齿和小巧玲珑的趾骨……还能看出她老年后的骨质疏松和肾衰导致的贫血留下的痕迹。

我一边听着，一边想到了夏目漱石写下的，他的小女儿突然病逝后火化和捡骨头的场景。我想，能做这件事并不是因为冷血，而是因为怀着爱意，看到那些曾经属于她的部分，想到这些小小的骨头曾经支撑着她的身体的各个部位，让她得以成为那样的生命，做出那些可爱的动作和行为……到今天我终于感受到夏目漱石所描写的这个过程中的心情，并不是痛苦，而是充满怀念的爱的感觉。

在等待骨灰冷却的时候，我们走到旁边的山路上去，火化场的人在遛狗，一群她收养的流浪狗，他们很欢乐自在地在山间跑动。旁边有一大片柚子树，结出的柚子都用红褐色的塑料袋包裹保护起来。我想，这是柚子在告诉我，她已经在那边接到松鼠了，她们又像18年来一样在一起了。松鼠终究是放不下柚子的。松鼠走的这天是8月6日，距离5月4日柚子的离开，有三个月的时间。

松鼠走前，我以为自己会在她走后一直崩溃下去，但当松鼠真的离开时，我突然感到，她把她作为一只精神猫猫的力量传给了我。她想让我继续保持活力，继续为了我所期望的未来而努力，她已经把我送到了这里，我不能停下，我要继续怀抱着勇气走下去，要像松鼠那样，始终充满好奇，充满探索精神，充满活力。她活过的这 18 年，给很多猫朋友和人类朋友都带去了安慰和支持，她留给我丰富生动的回忆，她以自己的方式看着我们渡过了最大的难关，才放心去陪伴柚子了。

我想我再也不会有这样的猫咪了，这个世界上也再也没有谁能这样爱我了。但松鼠并没有被死亡带走，她保持着活着的样子到另一个世界去了，我想她也许会再次变成一只小猫回到我的身边，我等着她，如果她回来，我一定能认出她来的。

一只
我自己的猫

猫咪　索索＆早安
作者　缓缓
职业　自由撰稿人

几年前，在异国工作的时候，我有了人生的第一只猫。

这么说其实不太准确。少年时期，家里也有过一只猫，但如果非要论一个归属，想来要"判"给妈妈。而这只猫，则是第一只真正意义上的、属于我自己的猫。

说起养猫的动力，内在可归因于孤独，而外在则是单纯的捡漏、图便宜。

毕业后，我选择留在异国工作，而熟悉的同学们各自回国或换了城市，最后，身边只剩下肤色、语言、文化背景完全不同的人。"礼貌"隔开了距离，催生了孤独，而我为了抵抗孤独便只能选择忙碌。在那样的状态下，也就渐渐萌生了养猫的心。恰是那时，朋友把一家猫舍打折促销的消息带给了我。

"为什么突然要打折？"

"猫舍主人有急事搬家，还需要现金，没办法照顾猫了。"

我又看了眼朋友刚发的照片，上面那只"留到最后且最便宜的猫"被拍得模糊，不得不说这绝对不是一张合格的广告照。

"为什么一岁了还没卖掉？"

"因为这只长得好看，猫舍主人本来准备留下来配种的！"朋友信誓旦旦，但说的话却让人感觉更不靠谱。

中国古人有"纳猫"一说，撰写纳猫契、准备聘礼、挑选良辰吉日，缺一不可。而我的朋友就像是个上蹿下跳的"媒人"，听闻我有意，就打定主意要把这只猫介绍给我。

她原本住在另一个城市。在发给我照片的第二天，专门开车来接我去几小时车程外的猫舍看猫。

"看照片你不满意，亲眼看看总行了吧？我把我家不用的猫笼猫粮猫砂盆都给你带上了……"

我默默叹气。这哪里是去看猫，分明就是去接猫。我在心里盘算着拒绝的理由。

结果，朋友的计谋还是顺利得逞了。

原因是一见钟情。这只猫不仅漂亮，还总做出一些很拟人的表情：委屈、无聊、不满……

我当即拍板，当晚就把这只漂亮又有小脾气的白猫"纳"回了家。

起名叫"早安"的原因很简单。我构想着，先养一只白猫，叫早安，将来养一只橘猫叫午安，再养一只黑猫叫晚安。早安，就是一个美好的开始。

带早安回去的当晚，我感到了久违的强烈的幸福感。这大概是少年时期种下的种子，家里有只"不属于我的猫"，后来的岁月大都在外漂泊，租了不属于我的房子，买卖了不属于我的二手家具，交朋友不如找搭子更便捷省力……不知不觉间，"想拥有专属于我的什么"的念头，扎下了深深的根。

如今，终于有了。

然而，满足的兴奋不多时便被隐隐冒出的不安压了一头。蜷缩在角落还没有完全融入新家的早安，挂着委屈的表情。这让我突然想起了很多年前，妈妈的告诫。

"再不许养猫了，走的时候太伤心了。"

我想起了少年时代，那只"属于妈妈的猫"。

少年时的猫咪索索

索索是姨姨家的猫生的小猫。一天放学后，妈妈说，去你姨姨家，生小猫了。

对于当时的我来说，新生命诞生是一件很新奇的事。我趴在老猫的窝边，看着一圈看不太出花色的耗子一样大的东西喂喂吸奶，很难想象这些小东西有天可以长成毛茸茸的大猫。

就在这时，我注意到有微弱的声音从猫窝和墙壁夹缝里传来。循声而去，是一只气息微弱的小猫，每一次艰难的呼吸都带动出脆弱的声响。我与妈妈、姨姨都猜想，应该是老猫生产时不小心掉了一只，遗忘在了角落。

试图把她放回母亲身边，老猫却发出了凶狠的拒绝声。

我和老猫说："这全家就你能生出小猫，我们都不能，不是你的孩子还是谁的孩子呢？"

老猫油盐不进。

那段时间，我一下课就往姨姨家跑，小心翼翼给小猫喂奶，有时候趁大人不注意，学着老猫的样子给小猫舔眼睛——那时小猫的眼睛还没睁开。只是后来被姨姨发现了，一巴掌阻止了我的行为，说她会拿布子清理，让我不要添乱。

奇迹的是，小猫真的活下来了。

小猫睁开眼后，全家人都很欣喜。说来奇怪，这只小猫真的和她的同胞兄弟姊妹们大不相同。别的猫是花色，她是深色。别的猫的眼睛或黑或栗，她的却是深蓝的。

全家最有文化的姥爷说，这只猫让他想起了佩索阿的诗歌《你天蓝色的眼睛》。于是，在别的小猫被命名为"咪咪""点点""花花"的时候，唯有这只叫了"索索"。

索索的命运终究也和别猫不同，没有被送走，而是被觉得很合眼缘的妈妈带回了家。

对于索索和我妈妈更亲近这件事，起初我是不太高兴的。我觉得，是我用针管把你喂大的，是我把你眼睛舔开的（完全忘记了姨姨的一巴掌），这算不算得上"忘恩负义"？

但是性格相投这回事，大概率是不以人的意志为转移的。

我不得不承认，从性格层面来说，索索比我更像我妈，安静端庄，一坐就是一天。而我，仿佛凳子上有钉子，坐不住，有着旺盛的表现欲和表达欲。

当我闹的时候，索索看我的眼神，和我妈看我的眼神没有什么不同。

好吧，我接受了她们两个坚定的联盟。

我和索索不算亲近，但在同一个屋檐下那么多年，也算感情深厚。所以，她的离开让我猝不及防。

一开始只是胃口差了些，没人当回事，只觉得是因为天热。

后来，一家人外出旅行，拜托亲戚隔两天来喂一次。等我们回来，索索已经变得很瘦，瘦到明眼人都明白不是天气热那么简单的问题。

带她去了宠物医院。那个年代，全城也只有两三家宠物医院。我们选择了规模最大的一家。医生说索索得了猫瘟，已经是晚期了。

怎么就已经晚期了呢？

医生简单说明了情况，问我们的第一个问题是：救不救？

我们还处于刚收到"病危通知"的茫然，说，当然救。

医生很直白：挺贵的，也不一定能治好，不然先输个液吧。

我们连声道好。

针扎进去的时候，索索毫无反应。过了一会儿，她突然开始痉挛、翻白眼、呕吐。我从没见过索索这样，吓得哭了起来。

医生中断了输液："带回去吧，自己喂点药。"

仅仅是输液和开药，一个下午就花了八百多，在当时，不是一笔小数目。

医生最后和我们说："你这只猫，挺能忍的。"

我看了看妈妈。

和索索关系最好的妈妈，眼睛干干的，看起来镇定自若。

又过了一个礼拜，索索离开了我们。

我永远忘不了，那个夏末的阴雨绵绵的早晨。

索索从宠物医院回来后，就给自己找了一个角落，每天躲在里面，不吃不喝。每次把她拽出来吃药，都让我们觉得不忍。

我习惯每天睡前、起床都伸手去摸一下索索。直到那天早上，我趿拉着拖鞋，摸到了一手冰凉。

她骨瘦如柴的身体依然柔软，但我知道，索索在一个大雨瓢泼的夜晚，静静地离开了我们。

我哭喊道："妈！"

原本还在卧室的妈妈马上意识到发生了什么。她把我拉起来，塞回房间，不许我再出来。

我再也没有见过索索。

错过与索索的告别，是多年未平的浅浅遗憾。

我不知道上一辈人是怎么看待死亡的。

我的妈妈，总是本能般一跃而起，将我与所有与死亡有关的事物强行隔断。

我爱我的妈妈。但如果有机会，我想告诉她，你不必这么严阵以待，不必执着于阻隔你的孩子与死亡对视。任何一个母亲对孩子的保护义务，绝不包括永久地挡在她与死亡之间。

和早安漂泊在外的日子

我的"早安午安晚安"三只猫的宏伟蓝图很快就破产了。每天添猫粮和铲屎的时间投入，对于当时的我来说，就很奢侈了，更别提精心挑选猫粮猫砂所投入的钱财，还有定期的体检和洗澡修毛服务。我开始深深意识到，我妈养我真不容易。

不过好在我总能迅速调整心态。至少，早安吃得少、拉得少、不拆家，算是很给面子了。

早安特别讨厌水。这种小猫，最大的问题就是洗澡难。但偏偏她接受过行为训练，再不爽的时候，爪子也是收着的，这就让我不知天高地厚了。她成为我的小猫后不久，我就强行给她洗了一次澡。她当时眉头皱着，眼睛眯着，我还边洗澡边拍视频，发给我的朋友。

我的朋友们：你家猫看起来很生气。

我嘻嘻哈哈不以为意，丝毫没有意识到危险正在逼近。

结果，当天晚上，在我意识不清醒之时，隐隐感觉四只小爪子在我身上交替踩踏，从我的腿走到我的锁骨，然后抡起肉拳在脸上一顿捶打。

随即，一股暖流泼浇下来。

这下我彻底醒了。

睁开眼，月光下，白猫踩在我喉头，微眯的眼中似乎有一丝复仇得逞的快感。

第二天，朋友专门开车来家劝我们和好。见我俩都不说话，我朋友笑说："你俩生气的表情真像。"

我们下意识地看向彼此。

面对毛茸茸的可爱小脸，我的怒火顿时消散。

凑合过呗，还能退货咋的。

那次之后，我也更了解她了。

情感需求方面，早安比别的猫要求要高出许多，而且理直气壮，用最近流行的词叫高配得感。

常规互动是无法满足她的。大约是到家的时候她已经是一岁多的成熟小猫，所以当我试图用逗猫棒撩她的时候，她的表情里带着一点嫌弃，这种情绪后来也是她面对我时的常态。

她不会伤人，但是会充分表达情绪，还会在掌握分寸的同时，做到有仇必报。最重要的是，这是一只要求尊重的小猫。

再后来我发现，凡事，不论是洗澡、寄养、托运、吃药，她都会摆出一张不满意的小脸，但好好解释过后，她行为上总是配合的，也不会报复。但倘若我专断横行，她必会用在猫砂盆外拉一泡之类的方式予以警告。

除此之外，早安还会告状。

比如，不喜欢新买的猫粮，早安会围着她的碗，对我喵喵叫，其声犀利，带着控诉，仿佛在说："怎么啦？怎么啦？怎么就给我吃这种东西！"

有一次，几个朋友带着各自的猫来我家暂住，我这里顿时变成了多猫家庭。然而没多久，好几只猫情绪都不对，甚至不吃饭、不排便，我们只以为是新环境不适应。

结果，有一天晚上，正在打游戏的我突然听到了早安的控诉猫叫。等我跑到次卧，刚好看到朋友家的大橘一脚踹在她的身上。

原来，猫群里有个霸凌者！

等我们把橘猫"单独关押"之后，别的猫的状态明显好了很多，而早安则像一个刚赢得胜利的小公主：看吧，是我叫来了铲屎官，才解决了问题！

有一种说法：宠物都是下辈子要投胎成人的小生命，这辈子在主人身边学做人。

但我觉得，我家猫是来教我做人的。

渐渐地，在早安日复一日的悉心教导下，我开始有意识地好好沟通，尊重别人的意愿，照顾别人的情绪。

当然，当我遇到问题时，也学会了更好地表达负面情绪，或撒娇，或撒泼，或向人求助。

这样的变化，也引导我回看自己的过往——

偏离本性的岁月

小时候，我的表达欲颇为旺盛。可惜，这样的性格，与我的家庭、与我就读的学校格格不入。

还记得某年冬天的早晨，我在起雾的窗户上用手指肆意创作。急着出门的妈妈一过来发现我在"发痴"，立刻恼火，抬手给了一巴掌让我快去穿外套。

当天晚上，我发现妈妈的行为有些反常——也不催我做作业，晚饭还多加了个鸡腿。我猜到，大概是她动手之后，发现了我留在窗户上的大作是房子里忙碌的一家人，以及"妈妈我爱你"五个字。

当我试着提起早上的事，妈妈又"炸了毛"，呵斥我去做作业。似乎这样的话题不适合由我来引起。

我爸的性格也大差不差，都习惯把话藏在心里。时间长了，我渐渐发现，我们家是难以开展情感自然流露后灵魂深刻碰撞的话题的。这导致在其后相当长的一段时间里，我也不喜欢袒露心声，仿佛闷声不吭才是生活的常态。这是家庭教育潜移默化的影响。

和我妈很像的索索，也很安静。

有时候我会想，如果她生病的时候，早点喵喵叫，我们是不是能早点发现，少一些后悔？

或者，如果最后送别她的时候，我能多看看她，摸摸她，去埋葬时我可以跟着一起，是不是都可以少些遗憾？

我渐渐发现，对我而言，不堪回首的不单是死亡本身，更是因为那份讳莫如深。

在海外工作的时候，我习惯了身边的人迎来送往，很多人挥手便没有再见。

习惯了搬家，习惯了邻居换来换去。习惯了居住城市突然的深秋、漫长的寒冬。习惯了去国际性大都市出差，以及回到小镇后忽然的冷寂。

我对离别的钝感度，逐渐调向更高的阈值。

我抱着早安，坐在窗前，煮一壶咖啡，捧一本书，看着窗外渐渐蔓延开的秋意。

我知道，这样的浮生半日闲，很快会终结；新一周的紧锣密鼓也会终结……我的一生迟早也会走向终结。

早安打掉了我手中的笔，把下巴架在我手中的书上，似乎在说：不看书就看我，你在看窗外什么东西？

我把她拎起来，狠狠吸了她一口。

一切都会终结。但是，在我们相伴的日子里，我很爱你，真的很爱很爱你。

养了早安之后，我获得了二次成长的机会。

和早安的朝夕相处，与如此有灵气的小生命交流、互动，我逐渐找回了表达的能力、沟通的欲望。

一日三餐的照料，或者相依相偎的小憩，或者时不时的互相"挑衅"，所有细碎的时刻都填满了温暖和惊喜。

当我出差隔日再归的时候，她睡在我枕头边，把小爪子塞进我的手里。

冬天的早上，她叫我起床叫不醒，会去阳台走两圈，然后把冰凉的爪子塞进被窝、贴着我的脖子。

有时偷懒，忘记给她修毛，让她屁股上沾了便便。她会在角落焦虑地转圈，直到我注意到给她处理干净，她便重拾起尊严，优雅地漫步离去……

这种影响蔓延到我生活的方方面面。我变得柔软，大多数时候笑意盈盈。我又变得坚韧，会坚定说出自己的诉求。我开始和许久不联系的朋友重新联系，学会站在家人的角度重新思考问题，寻找沟通办法。

很久之后，当我亲爱的奶奶见到早安后，她开玩笑地问：

"你像养孩子一样养猫，她能给你送终吗？"

奶奶不喜欢猫，她的表达十分直白，但是行为上从不干涉。

我快笑死了，说道："奶奶，幸运的话，是我给她送终。"

很多事情，开玩笑地说出来，就没那么可怕了。

人猫双双还家

早安这股白色的风，终于还是吹到了我家。

我先斩后奏、向上管理，不管三七二十一，直接把早安辗转托运回家。毕竟，网上有段子：你只管把猫带回家，剩下的交给猫。

我比早安早落地。在家乡等她的那几天，我感觉到了深深的情感牵绊。我的早安在飞机上，吵不吵？热不热？怕不怕？她是否理解了我和她说的，我们只是短暂分离，我会在机场接你？

结果，听着《漂洋过海来看你》，几夜无眠。

时间不巧，刚回家又赶上了居家隔离。好在那时粮和猫砂已齐备，不至于弹尽粮绝。又想到，这段日子刚好可以让我爸妈适应一下早安，以后一家四口把日子过好比什么都强，心态也变好了。

早安不负众望，很快就征服了我那位自称"对宠物没兴趣"的爸，和坚称"再也不养动物了"的妈。他们都发现了早安的与众不同之处，经常对着早安拍照、拍视频，说，看看，这哪像个猫的表情，都成精了。

隔离到后期，我抱着早安嘟囔：要是没粮食了，就把你吃了，平时养猪养鸡都是这样的。啊？你说你不一样？你凭什么不一样？你给我说说……

爹妈一听急了眼说：怎么会没粮食，不要胡说。

早安在一旁，像看傻子一样看着我。

后来，早安成了我爸妈的老师，在行为训练方面，耐心地不断重复，很快就把他们培养成了合格的猫奴。

她会谈判。想要一个流动饮水机，就去喝马桶水，想要一个猫抓板，就在沙发旁边张开爪子，恐吓威胁。文明沟通，又有一种势在必得。

于是，早安得到了她的饮水机和猫抓板，而我爸妈也有收获，变得有话直说，心平气和，但是势在必得。

现在的早安已经是一只老猫了。前段时间，带她去体检，早安在陌生的环境中喵喵叫。

我妈说她胆子小。

医生说："你这猫胆子不小，是话多，胆子小不是这样的，是想让你们抱呢。"

我想起，索索的医生最后和我们说的是："你这只猫，挺能忍的。"

我的眼眶里，突然有一点泪水打转。

是早安教会了我们一家，有话一定要说出来。

体检结果出来了，证明早安是只健康的小老猫。

妈妈重重地松了一口气，抱着早安念叨："要健健康康，陪着姥姥好多好多年。"这样的表达，在以前的妈妈身上，也是不敢想象的。

因为在乎，所以要表达。因为知道有终结，所以更加珍惜。

我的早安，我爱的人，和亲爱的我自己，我们每天都要好好的。

珍惜当下，不念过去，不畏将来。

我死在那一年

猫咪　健健
作者　江流
职业　教育行业从业者

我死于 2014 年 2 月 6 日。春节前夕。

不是个很好的时间。让别人过不好年。

对于死亡的到来，我大约一年前就有预感了。

顺理成章地履行了拖了很久的承诺：留学又沪漂多年后，第一次回家过了春节；见了很久未见的朋友。

春节后没多久，我失去了生命中最在乎的人，我的爷爷。

然后，失去了狗。

失去了猫。

这些都是几个月内发生的事情。

突然觉得没有什么牵挂了。

我把这种感觉直白地告诉了我的表妹。

我和她说，你是我在这世界上唯一亲近的人了。但你并不需要我。

她明白，我父母双全，还有一大家子人，但为什么说唯一亲近的只有她。

她试图在她是否需要我这件事上争辩。

我说，你不明白。你在乎我，但你不需要我。

而有的人，最后需要的一根救命稻草，是被需要。

我不指望一个即将踏上另一片土地、满心期待新的冒险的人，能理解一个十分之九都陷入泥沼的人的感受。

我们坐在上海临街店面的窗前，喝着她一直想喝的一款拉花很好看的咖啡。我觉得没什么味道，但是她很开心。

我和表妹，就像两株相邻的树苗，在岁月的风中摇曳着各自的枝丫，在日晒雨淋中并肩长大。同一个片区读书，每天中午一起在我的爷爷（她的姥爷）家吃饭，晚上一起写作业，直到她被下班的父母接回家。寒暑假会一起在爷爷家住很多天。

这样的情分，可以说是骨肉难分了。

我从小就很羡慕她。首先是她那比我小几岁的年龄，烦恼尚未到访，让我不禁怀念。除此之外，那个年纪还有诸多特权。

比如，遗忘。

有一年，家里那个大澡盆里，住着一条身体黑黢黢的鱼。平时在饭店里，小孩子就喜欢盯着玻璃鱼缸看，更别提家里的"露天"大盆养了一条鱼。它成了我们放学后的第一站，我们总是急匆匆地跑回家，直奔澡盆，伸出手去，轻柔地抚摸它那滑溜溜的身体，还给它起了一个类似于"鱼鱼"的名字。

直到有一天，午饭的餐桌上出现了一条浇着蒜蓉酱汁的鱼。我几乎是立刻号啕大哭。妹妹一开始还没明白发生了什么，直到我指着桌上的那条鱼，告诉她那就是我们每天都在爱抚的"鱼鱼"，她才跟着我一起哭了起来。

家里人真的不是有意的。按他们的话说，长成那样的鱼，养在盆子里，就是为了等它吐干净沙下锅的，谁知道家里的小孩会和食材产生感情，甚至还给它起了名字。

我们当时一起发誓说再也不吃鱼了。但没过几天，妹妹就把这件事忘得一干二净。

很多年后，我提起这件事，她努力地回想，终归是徒劳。而我，却始终记得那条鱼在餐桌上张着嘴、糊着眼，仿佛在对我诉说着什么的样子。

或许，有些性格活在这个世界，注定要承受更多。

我时常惊叹，同一个家庭养出的儿女，在家里相对于时代绝不算过分的"重男轻女"的区分下，一个受宠又受累的长子，和一个优秀又强势的女儿，观念真的能差几个世纪。

那个受宠又受累的长子，是我的父亲。

而优秀又强势的女儿，是她的母亲。

表妹的父母会给她报很多兴趣班，一边责备她学什么都不上心、不坚持，一边还会报更多的兴趣班，希望她能从中挑出一两个感兴趣的。

当时的少年宫离家和学校都不远，有时候家里人抽不开身，就让我去接她回家。

去早了，听到她们唱歌，我就跟着学几句。

下课晚了，或者纯粹因为表妹动作慢，还没完成课堂任务，我就在旁边拿起笔画画，有时候等不及了，干脆去帮她完成。

她的声乐和美术老师注意到了，都夸我有天赋。其实不用她们夸，一个人在某个方面有天赋，自己也是很容易意识到的。

但是我知道，我没办法来上补习班。

学校的老师曾建议我学艺术。我的爸爸说："学那干啥，好好读书就行。"

我妈妈会说："不正经的女人才学艺术。"

我说，表妹报班了。他们会说，表妹是表妹，我是我，她学是兴趣爱好，我学就是不务正业。

我不理解，为什么一对父母会对自己的亲生女儿有那么大恶意。而我，越来越喜欢在表妹面前炫耀自己的天赋，当我知道自己的天赋注定渐渐被消磨后，恶意与日俱增，我嘲笑她笨，这也学不会。

这样小小的恶意是我的某种挣扎，是死寂前的水花。

我知道，这不会影响我们的感情。

恶意会随着岁月渐渐消失，一如我的天赋。

在爷爷的四合院里，猫是数量最多的物种。它们凭借卓越的攀爬能力，成了唯一能够自由出入的动物，也获得了"自由恋爱"的权利。在那个时代，城里的宠物医院寥寥无几，绝育的概念更是无从谈起。因此，家里的猫儿们便一天天地往外跑，一窝窝地往回生。虽然小猫崽也送出去不少，但是因为爷爷对领养人的高要求，还是留下的更多。

久而久之，家里的动物世界，就是猫的天下了。

当猫儿第一次生下一窝小猫时，大家都感到新奇，也格外重视。我和表妹平时不住在爷爷家，只有中午放学和周末才在。她看中了一窝里最漂亮的一只小猫，非要自己养。她们家住楼房，父母工作忙，本来是极力反对的。但表妹就坐在角落里，捧着小猫，悄悄抹眼泪。她的父母多看了两眼，私下一合计，便同意了。这只小猫便跟着她回了家。

虽然几乎是朝夕相处，但那件事才让我明白，原来有的孩子只要抹眼泪，父母就会给她想要的东西。

这使我产生了某种错觉，竟然也开口和我妈说，我想养一只猫，哪只都行。

我记得她正在厨房和面。魁梧的身影背着光，表情怒气冲冲的——她似乎不管什么时候都是怒气冲冲的，说了几句不堪入耳的咒骂，包括一句"你妈死了你都不能养"。真的很奇怪，连我的亲生母亲骂我，都要带着"妈"字一起骂。

她的言行举止经常让我很羞愧。

父亲那边的一些亲戚会数落我妈，经常当着我的面说她是农村嫁过来的，没文化，没素质。那时我还不懂，很多所谓的"亲戚"就是看人下菜，在家里没地位的，就必须承受他们所谓的"开个玩笑""我说句话不中听"这样的霸凌。他们说的话，我听进去了。而我母亲每次的咒骂，都会让那些人的话更加无可反驳。

我觉得她可憎。别人说她的话，都是对的。

但是她又是那么可怜。大概，因为某一个夏日，我放学后回到家，看到刚搬进去不久的新房子的洁白墙壁上全是飞溅的血液。在暖融融的黄昏中，未干透的血液的颜色有些泛黄。一如多年后它们在我记忆中沉淀的颜色。

那之后，我记忆中的夏天，那湿润的水汽和浓浓的植物清香之中，永远掺杂着血腥味。

那是我第一次知道，原来魁梧的、凶恶的母亲，在这段婚姻中是处于弱势的。

邻里亲朋都说：说话那么难听，挨打也不奇怪。大家都理所当然地给一个不等式画上了等号。只有爷爷主持公道，非常生气，打得我爸挂了彩。

打完之后，爷爷坐在椅子上，久久喘息，顺不过气的样子，看得我害怕，我怕他恢复不了，怕他有一天不在我身边。

可是我的母亲似乎从不觉得我可怜，也不会觉得其他更弱小的生命可怜。

大概又过了几个月后，一个大雨滂沱的傍晚，我在回家路上听到了一只小猫撕心裂肺的叫喊。趴到灌木丛一看，一只黑白相间的小猫湿漉漉、脏兮兮的，趴在泥巴地里。它小到似乎一滴雨都能把它呛死。

我于心不忍，刨出小猫，把它带回家。

等我的妈妈下班回家，小猫还在撕心裂肺地叫。我多么希望我妈妈能像之前在院子里养鸡养鸭一样，几个步骤，妙手回春，能把病恹恹的家禽救回来。但是她没有。她只是骂骂咧咧地，把猫提到门外，像是对待一只恶心的害虫一样。然后，摔上门。

那时的我有点自顾不暇，每次做了什么事，抑或没做什么事，我都是要挨揍的。巨大压力在无形中逼迫我逃离"案发现场"，某种程度上也算是我的一种自我保护机制吧。等我回过神，门外已经没有小猫的叫声了。而那个漫漫长夜，即便我的父母早已熟睡，鼾声震天，我也没勇气打开那扇门去看一下，看一眼，哪怕是冰凉的尸体。

如果我没有带小猫回家，而是去爷爷家，把它交给爷爷来照看，结局会不会不一样？

如果人有选择的空间，那么，是我的选择让小猫失去了生存的机会。

"我触碰什么，什么就破碎。"很多年后，遇到卡夫卡的这句话，大概最能描述我那晚获得的全新认知。

又是一年夏天。

若是早知道我人生的夏天不过二十九个，那一年，我大概会掰着指头数一数，感慨，这几乎都过半了。

表妹的年纪还很小，还是我的跟屁虫。她的爸妈出差的时候，就会把她送到爷爷这里。

而爷爷很宠爱我，只要我说想念爷爷，总能到爷爷这边住几天，获得短暂的喘息。

在那个四合院，我和表妹喜欢上了金鱼。准确地说，是我喜欢，她便跟着喜欢。爷爷是一个领域德高望重之人，当时也要出差两天，出去前，给了我们二十块钱，那在当时算是巨款。我拿着这钱，全买了金鱼。

四合院有个老旧的浴室，有着黯淡的拼贴瓷砖墙壁，和一个巨大的白瓷浴缸。只有浴缸顶一个小天窗，长久未擦，雾蒙蒙的，即使白天也透不进光。小姑不喜欢那个浴室，平时不会进来，这里也就成了我和表妹藏匿金鱼的"风水宝地"。

几毛钱一条的价格，二十块钱全都买了鱼，我仍嫌不够。

那段时间，我的性格变得越来越差，道德缺陷也越来越明显。囤积的毛病似乎也在那个年龄显了出来。我让表妹交出她的零花钱，继续去买鱼，以满足我的喜好。

她的生活"锦衣玉食"，什么都不缺，对金钱还没概念，更没意识到我这种行为算是霸凌。她那几十块钱也都化作了一条条金鱼，纷纷游入那个白瓷浴缸，各种颜色、满满当当，诡异中带着几分瑰丽。

我对这样的充盈感欲罢不能。

花光了我们所有的零花钱，终于对金鱼的数量感到满意。可偏偏有一天散步，在那家卖花鸟鱼虫的店铺，我一眼相中一条小金鱼。澄亮澄亮的奶白色，头顶有圆圆的一点红，它是那么的特别，和我之前买过的所有金鱼都不一样。冥冥中一个声音告诉我："你一定要得到它。"我便和表妹说，等下我和老板聊天，你去把那条鱼偷偷捞出来。

捞出来？怎么捞？

用手捞，动作要快。

表妹糊里糊涂答应了。

我们作恶的天赋很高，走到路的尽头，直到拐弯，都没被老板发现。

烦恼的是，走在半路上，表妹忽然开始嗷嗷大哭，说鱼好像死了，她害怕，让我拿着。

用手偷出来的鱼，自然没有小水袋子那种待遇。

我被她的哭声吵得心烦。我坚决不拿，只是训斥她加快脚步。等我们终于回到了昏暗的浴室，她像是被烫到一样，把鱼扔进了浴缸，看着那条白亮的小鱼摆了摆，又变得生气十足，我们同时重重舒了口气。

那条小鱼在这么一缸鱼中依然显眼。我们的冒险果然是值得的。

贪得无厌地"私藏"金鱼的日子总要结束。

先是表妹的父母出差回来，把她接走。

分别前，我们抱头痛哭，好像日后再难相见。我想到那句：向河梁，回头万里，故人长绝。

如果先回来的是爷爷，那个夏天的结局可能会有所不同。

但是，那一天我的母亲刚好来这边"打扫打扫"。

果不其然，她发现了那缸鱼，问我哪儿来的。

从小到大的生存本能让我立马明白，这个时候千万不能牵扯到我花了钱的事情。我说是表妹的，有她自己买的，还有她同学送的。

"不要了吧？真浪费钱，还脏。"一边说着，一边把她粗壮的手臂埋进全是金鱼的水中，"噗"一声，然后哗啦啦，水位开始下降。

我浑身冷意，汗毛竖起，明白即将发生什么，但是发不出声，也走不开。

似乎没时间等待水流干，母亲找了个之前不知是装什么的脏兮兮的大塑料袋，然后拿了个塑料盆，伸入浴缸开始捞鱼。

母亲干活从来是鲁莽又麻利的。我亲眼看到塑料盆边和白瓷浴缸碰撞的时候挤到了一条鱼，那条鱼瞬间喷射出深色的线状物，不知道是屎尿还是别的什么东西。

她每舀出一盆，总会在鱼缸边缘筛一筛水，仿佛生怕多余的水分还能让跳动的金鱼得到一丝喘息。紧接着，把那些拼命挣扎的鱼倒进袋子。她的动作之果决，经常让我难以分别她手下的东西到底有没有生命。

有几条鱼蹦了出来，她命令我捡回来。但我动弹不得。是一种类似于僵直的状态。近些年大概会有更多的心理学术语描述那种状态吧，不过与我无关了。

她似乎嫌我呆傻，等把所有鱼都舀干后，自己弯下腰，把几条在散落在地上挣扎的鱼丢回袋子，然后拽着边缘，拎起来。我看到那条最后偷来的白亮的小鱼，一下被卷入了袋子的下方，淹没在鱼堆里，看不见了。

原来，整整一浴缸的鱼，挤在一起只有那么一袋。

原来，鱼在塑料袋里面扑腾的声音会那么大。

从没有哪一种生命力让我觉得那么反胃。

那个时候，我一边僵着，一边审判着自己，我心想，电视上那些渔民打捞上来整网的鱼，看起来怎么没这么可怖？

人果然都是有分别心的。食物和宠物是不一样的。

但这个社会大部分的情况只有"弱肉强食"吧。

似乎想着这些有的没的，才能把我从当时那个状态抽离。

原本径直走向垃圾桶的母亲，看到院子里的几只小猫，忽然停下了脚步。

"吃吧。"她把袋子摆到猫的面前。

好在，那些鱼可能因为颜色鲜艳，在那几只猫眼里有毒还是怎么的，几只猫嫌弃地看几眼，有些洁癖一般躲开。它们似乎看透了一切，显得很金贵。

那时我觉得，猫是一种高贵的东西，至少家里这几只是。

我终于松了一口气，才察觉我憋了好久，忘记呼吸。

过了几天，表妹来爷爷这里度周末。

"鱼呢？"她跑到浴室看了一眼，压低声音问。

过了这么多天，她好像觉得那还是个秘密。

"送人了。"我的母亲轻飘飘地说。

"哦，好。"表妹应过，不再深究。我也并未提及。很久以后才告诉她发生的事。

我们有了别的爱好，魔方之类的，不再涉及生命的东西。

我很高兴她关于那个夏天的记忆停留在那般瑰丽之中。

坐在墙头的猫俯视着我们，不作声。

我真正拥有自己的猫，是在离开家乡以后。

上海的工作，仿佛一场漫长的梦魇。公司的森严等级，钩心斗角的职场氛围，理所当然的加班，一切的一切，分分秒秒凌迟着这里的打工人。

某个春日的夜晚，寒雨如织，气温骤降，潮气把衣服冰凉凉地烙在身上。我在家附近的草坪上看见了一只小猫，它在雨中瑟瑟发抖，仿佛束手就擒，全然不顾那寒冷的雨点扎在身上。

我把它捡回了家。

小猫顽强得让人惊讶，身上有一种野性，身体稍稍回温，就开始在家里上蹿下跳，打翻了许多东西。我给它取名"贱贱"，后来在宠物医院体检时，记录成了"健健"。

健健特别喜欢把东西打翻在地，我没有多余的心力去训练它，只是偶尔心情特别不好时，会暴怒，狠狠扇它几巴掌。

它的到来让我深刻意识到，我不适合做一个母亲。我性格喜怒无常，没有耐心教育它，又忍不住责罚它，而责罚的力度完全取决于我当时的情绪。

我的一日三餐多是外卖——很多时候达不到一日三餐，只是一日一餐。压力大的时候，我需要吃重辣重油的东西，好像胃部填满了，心才没那么空了，或者胃开始难受了，心就没那么难受了。

我可以给健健买最贵的猫粮，却时常忘记喂它。

唯一可以让我自我安慰的是——它同我生活，总好过那天晚上死在那凄风冷雨中。

真的是这样吗？没有比活着更大的事情吗？

我也没精力深想。

我的收入还可以，但是生活一片混乱。家里像垃圾场，外卖盒子堆积如山，衣服散落一地，健健的猫砂盆也时常无人清理。我的心无序，生活也就无序。我知道这样的生活状态是"不正常的"，却不知道如何让自己回归正常。

童年、少年时期遗留的迷惘与困惑，与现在这个年龄所受的压力和折磨，使我的生活雪上加霜。

每次与父母通话，不是催婚催育（说要是找不到上海本地人，不如早点回去结婚），就是说别人家的孩子世俗上多么成功（为父母购房买车）……然后开始计算我的养育成本，说我的性价比多么低，或是侮辱我的外表，或是母亲咒骂父亲，或是父亲咒骂母亲……

而我，似乎仍被困在过去的黑暗中，无力挣脱这命运的牢笼。

虽然每次打电话，我都仿佛被话筒另一端抽干了能量，像是激活了某种印在灵魂深处的恶毒诅咒，但我知道，只要过几天，那种恐怖就会散去。毕竟有着安全距离。

我难以想象面对面的凌迟，而且，但凡我对那种精神凌迟做出一点反应，哪怕只是喊一句疼，"不忠不孝"这四字就要被刻在我的墓碑上了。

健健成了我不回家过节的绝佳借口。每当家里人催促我回去，我便细数现在寄养猫的费用多么多么高昂，母亲一边说别回来了，一边又说，赶紧把猫"处理"了。

到底是天高皇帝远。我想，母亲除了动嘴，再也不能插手我养宠物的事了。

我与表妹的关系依旧亲密。

随着她的成长，我偶尔会与她分享一些往事。在同一个屋檐下，我们或许是这世上最能理解彼此的人。但她天生的乐观和那个年龄对未来的无限憧憬，终究让我们俩的世界如星体的轨迹，彼此相望却渐行渐远。

2013年春节，表妹出面，和我说：回家过年吧。她收到了海外理想院校的录取通知书，若是今年不一起过年，未来几年恐怕机会难寻。她说，如果我不想回家，可以住在她家，只要回去三五天，见见姥爷（也就是我的爷爷）就行。

我没怎么挣扎，像是冥冥之中自有天命，轻松答应了她的请求。

除了健健，当时我还养了一只狗，也是收养的流浪狗。

我将它们安置在宠物寄养处，承诺尽快回来。相比健健，我更记挂我的狗，狗总是表现得更加依赖，也许是会哭的孩子有奶吃，我总是更担心也更包容狗。而猫，更像是对我的一切心知肚明的朋友，有时又带着一种冷漠而超然的气质。

那是一个美好的春节。我回去的时间不长，又住在表妹家。全家人都忙于为过年做准备，还没来得及发生冲突，就到了我回上海的时候。

爷爷比记忆中苍老了不少，但还是一样的温和、慷慨，见了我便拉着我问平时吃什么，上海天气怎么样，快不快乐。

我爸因为酗酒，牙齿掉得差不多了，看起来倒像比爷爷还老。说话走风漏气，没了气势。我妈见缝插针问了我相亲的事，问之前托人介绍的上海土著怎么样，我说还没联系。

她说，人家条件好，你得主动点，赶紧着。

我没再说话。表妹赶紧把我拉走了。

我回了上海后，表妹继续在老家度过了她的寒假。

她在老家的时候，我们每日用手机聊天，听她吐槽家里的人事，让我有种这个假期还没结束的感觉。

然后，她终于返校了。

正当我有一种生活重回正轨的感觉时，我收到了父母的电话。

爷爷病危，速归。

我在主管不满的眼神中，签了假条，速速飞回了老家。不过是二十天，过年时的温情早已散去。北方小城在初春特有的沙尘暴使天地间一片昏黄。我抵达医院时，只能隔着玻璃看着爷爷，无法触摸，无法说话，只能看着他被脱得光溜溜的，身上全插着管子。

我隔着玻璃，想他会不会冷，皮肤的温度是什么样的。

不知为什么，突然想起了那个夏天，手伸入水中，抚摸着金鱼的触感，或者更早的童年，摸着那条注定成为盘中餐的黑色的鱼的冰凉。

我有些惊恐，问表妹什么时候回来。

表妹的妈妈和我说：先别告她。

那个时候，我又羡慕她。真的是被保护得很好的小姑娘。我也愿意这样一直保护着她。

等表妹终于回来，进了门，双膝一软跪倒在地号啕大哭的时候，面对的，只是一张黑白照片，一案贡品，三柱细香。

我又有点羡慕她能哭得出来。

对于那时候的我，哭都是一种奢求。我一滴泪都流不出来。

不是难过与否的问题。

那个时候我才意识到，我这么努力在异乡奋斗，一个支持我的信念就是，等我扎了根，可以把爷爷接过来享福。

爷爷突然离开，就像是把牵着我的线一齐剪断了。我像是个忽忽悠悠的风筝，不知最后要落在哪里。

除了表妹，哭得最惨的就是我妈了。

她对爷爷的感情也是无可挑剔的。大概这么几十年，这个家真把她当个人护着的，只有爷爷。大概爷爷对她比她亲生父亲对她还好。

她哭得上气不接下气。那大概是我与她心灵最接近的时候。

葬礼办了好几天。爷爷的余威还在，很多有头有脸的人来祭拜。

我和表妹在小房间里，冷眼旁观着各路亲戚，把这葬礼当成一个契机，各自聊着欲望。有一位亲戚还谈妥了工作的事。

比我们眼神更冷的，是爷爷的猫，一只老猫，就是生了好几窝小猫的那只。她的孩子很多都因为疾病离世了，她还健朗地活着。

后来那只猫哪儿去了，家人们众说纷纭。

有的说丢了，有的说送人了，有的说老死，埋了。

明明这么多人同时经历的事情，偏偏没人记得清楚。

葬礼后，我们一起逃离，表妹先偷偷和我一起回了上海。

闲着没事，她会帮我照顾猫狗，收拾家。但她收拾家的能力实在有限，辛苦大半天，只是把家里的垃圾换个次序摆放。

我平时要上班，有时候看她在家帮我打扫卫生，实在可怜，便抽空带她去她喜欢的店。

就是在一个咖啡厅，我说了那些话。

"你是我在这世界上唯一亲近的人了……"

"……但你并不需要我……"

"……你不明白。你在乎我，但你不需要我。"

与葬礼上带着尘土味的寒冷不同，上海已经很热了。我记得，她离开之前的周末，我实在很累，我们两个并排躺在床上午睡。

忘记是没电了还是空调坏了，整个房间又潮湿，又闷热。

我的手机放着音乐，梦境中，环境潮湿到似乎音乐都有了回声。

能闻到隐隐约约的臭味，大概是健健刚拉了屎。它的屎特别臭。

后来，我又闻到了血腥味。我以为是梦，我回到了童年放学后，回到家，墙上都是血的时刻。

等我醒来，发现我来了月经。量比平时大，小半张褥子都染透了。

表妹和我收拾干净了床铺，出门吃晚饭。

要是能一直这么生活下去，也不错。

不过，表妹是要离开的。半年后，她会去更远的地方，可能几年都不回来。

而我的那次月经来了之后，就再没停过。

比起这次月经拜访的持久，最终让我崩溃的，是我亲生母亲的拜访。

我在上海搬了几次家。一天早上，她突然打电话问我要最新的住址。我隐约感觉到了什么，算是责无旁贷吧，分享给了她。

第二天，她就出现在了我家门口。鼻青脸肿的，恨恨地和我说："你爷爷死了，我也没什么想照顾的人了，不和你爸过了，以后就跟着你。"

我当时觉得，我的生活再无任何希望。

但我无法拒绝。打开了门，她再次、全面入侵了我的生活。

她对我的一切都看不惯。我的生活习惯，我的工作，我并不积极主动联络相亲对象的状态，我的住所，我的外表，我的一言一行一举一动。

我的宠物。

我的存在。

其实那段时间，我和健健的相处模式已经缓和了很多。它不再制造乱子，我也很少对它发火。但是妈妈的到来，打破了逐渐建立的平衡。

她因为猫大发雷霆，连屎臭都能得出"畜生该死"的结论。

而我总是惶恐，一旦惶恐，就会抢在她之前给健健两巴掌。

若是以往的健健，一定会龇牙咧嘴，与我剑拔弩张。

但是那段时间，不知道它是不是感受到了我的恐惧，或者我有些扭曲的对它的庇护，变得有些逆来顺受。

或者干脆就是因为我的母亲太过可怕，远比生气的我可怕，让健健没了锐气。

我从它身上看到了我。我觉得它因为我忍辱负重。

我的狗突然地离开了我。

从寄养处接回来后，它身体状况就不太对，不知道是不是感染了什么疾病。没来得及带它好好医治，我母亲便搬了过来。自那之后，带狗去医院就变成了一件偷偷摸摸的事，要趁她不注意时才能出门，编造一些医生是我朋友、不用花钱之类的故事。我不擅长编故事，她也毫不在意我的逻辑漏洞，在她看来，家里有动物这件事本身就是错的。人的生存——而不是生活——是第一位的事情。

她用沉默给我脸色，之后又说她的沉默就是耐心，说她已经给了我时间，问我什么时候可以意识到她是正确的。

与她在一起，我总有一种只是活着就很累的感觉。

我不明白，为什么只要她在，生老病死这些事，似乎就没有尊严。

狗死后，我花了六七百块钱火化，装了一个精美的小罐子。我已经不敢流泪，这个小罐子是我的底线。

但是那个罐子似乎过于精美，我的母亲再也不相信所谓的我认识什么人的谎言。

"你要是认识那么多人，怎么不找个对象？"

"你妈死了你都舍不得这么花钱！"

毫无逻辑却似利刃一样的话语，像是在我千疮百孔的灵魂上又劈了两刀，然后画了一个叉。我终于七零八落。

她毫无意识，踩着我的尸骸，淡淡说了一句："明天赶紧把猫送走。"

这句话，就像是给我判了死刑。缓刑一天。

我久违联系了相亲介绍的男人，询问他能不能暂时收养我的猫。

当时在绝望中有种奇怪的想法。如果他能帮我这个忙，以后什么事情都好商量，洗衣做饭，端茶倒水，结婚生育，我都可以做。

但他只是懒洋洋地说了一句："我爸不让。"便不痛不痒挂了电话。

我妈问我给谁打电话。

我说，那个相亲的男人，暂时帮我养几天猫都不愿意。

于是我妈开始骂我，我这么没脑水的女人，哪个男人摊上真的是倒了霉。

我自然不是怪那个根本不熟悉的男人。

我只是觉得好笑。我的亲生母亲，寄希望于我与这样一个不熟悉的男人飞速进展，然后托付一生。在我连我的猫和狗都护不住，连自己可怜的尊严都护不住的情况下。

那天晚上，我大出血，整个浴室是擦也擦不干的血。

我又想起了那个夕阳下，刚刷好的白墙上满是血。

这鬼打墙一般的轮回。

第二天，我白着一张脸去上班。

晚上回来后，家里干干净净。我妈妈把整个家打扫了一遍，说，不错吧，我干了一天，可以开始新的生活了。

我问，健健呢？

她说，扔了。

我再也藏不住我被抽干了一般的状态，晕倒在地。

老天最后的仁慈，是帮我做了决定。

我在大出血的情况下去了医院，被诊断出：血癌，晚期。

老天最后的残忍，是病痛的折磨。不仅折磨着我，也折磨着我的家人。

从确诊，到离开，用了三个月。

确诊的时候，我的表妹在毕业旅行。

我说，先别告诉她。

弥留之际，她在考试。

家里人一定会等一切大体平息后再告诉她。

我的遗言，是把我的骨灰抛撒在海里。

我的母亲，赵女士，第一次，不是为了远嫁，不是为了逃离暴力，不是为了投奔她的女儿，离家那么远，沿着海岸线，旅行了很久很久。

最终还是没有放手。

把我的骨灰带了回来。

她不知信了什么，开始吃素。

一年后，领养了一个小孩。

回到了她的先生身边。

两年后，良辰吉日，给我配了阴婚。

但这些再不能束缚如今的我了。

我通过梦境告诉表妹，让她不用担心，大人们那些行为，不作数。

我现在过得还不错。

有机会了，可以回顾一下我这短暂的一生，梳理那些乱七八糟的故事。

她问我，这边可以养猫狗吗？

我说，可以养。如今我也能保护好它们了。

生老病死，不是大事，失去尊严才是。

＊本文由文中主人公的朋友根据回忆、以逝者为第一人称撰写。为保护仍在世的亲朋的隐私，隐去真实姓名、城市。

有只小猫叫旺财

猫咪　旺财

作者　蒲生

职业　图书编辑

我们通常会默认生命具有一定的"长度"，似乎短期内看不到终点，从不想那个终点可能就在下一个瞬间。生命随时可能戛然而止。

深刻体会到"离别"的滋味为哪般，竟是因为一只猫。

小猫叫"旺财"，是一只一个月大的小奶猫，毛发雪白夹带着银灰色，唯独额头中间点缀着几根金毛，加上眼睛明亮，炯炯有神，活像一个小二郎神。

它是我的合租室友刚买回来的猫。

当我第一次看到它的时候，它正在桌底下乱蹿，也不知地板上是有什么东西，一蹦一蹦地扑向地板，抓住又撒开。小家伙来到新家，似乎连空气都觉得好玩。

年幼时与猫的接触让我产生了刻板印象，我总觉得猫的性格都是清冽、独立、有防备心、不爱与人亲近的。对抚摸软乎乎的小猫的渴望，偏偏让我不死心，总想抚摸院子里的野猫，于是"流血事件"时有发生。当我看到小小的旺财如此活泼调皮，对人充满了友善和好奇时，我觉得惊喜。

我试着探着手摸它的头，它开始蹦跳着用两只小爪子扑向我的手。小家伙根本静不下来，很亲人，但又让人抓不着。是个不好对付的小家伙啊。

旺财的主人，叶子，是我的大学同学和多年的好友，毕业后我们在京工作，租了一套五居室的其中两间，为了互相有个照应。旺财来到家里后，我开始频繁地串门，仿佛是自己养了猫一般。对可爱生物的向往还真是让人变得厚脸皮了。

旺财大多时候活泼好动，仿佛有无限的精力。

哪只猫对逗猫棒都没有抵抗力吧，旺财也不例外。

普通地逗它，似乎已经不能使它满足，它每次都将逗猫棒上的蓝色羽毛当成了真正的猎物一般，前爪着地，屁股拱起，扎好架势，使尽浑身力气扑向目标物。如果不把速度和动作控制好，还真是不能与这个小家伙相较量了。

于是我开始尝试一些高难度动作——把蓝羽毛拎到衣柜把手处，差不多有半个人那么高的高度了。一个月大的小旺财，雪白雪白的，就那样前爪着地，屁股拱起，奋力一跳抓住了半个人高的蓝羽毛。小家伙的运动细胞，还真是不可小看。

为了和旺财亲近起来，我总是时不时跑去陪它玩。

慢慢地，有些情感在不断积累——小旺财成了让我期待回家的理由。我不曾拥有过一只属于自己的猫，直到旺财出现。我似乎把这种多年的遗憾转换成爱意，倾注在了它身上。

但是，我隐约察觉到旺财的一些变化。它有时候会用尾巴优雅地裹着脚丫，这个动作透露着一股柔弱感。这还是那只被我戏称像小猴子的猫吗？

我问它怎么这么安静呀，它张嘴，无声地叫了一下，不知是撒娇还是没了力气。

下次见它时，它竟然在我面前干呕了一下。它这个样子把我吓了一跳，我忙叫叶子看。

叶子一副很懂猫的习性的样子，说这是旺财的应激反应，小猫到了新的环境都会这样。

叶子趁机还说道，你不要老是摸它，它发出的呼噜呼噜的声音，也是应激反应，你别吓着它。

呼噜呼噜不是猫觉得舒服的时候才会发出的声音吗？我在心里悄悄嘟囔，它才不会是被吓到了。但面对旺财的主人，我也不好说太多。

叶子经常加班，总是很晚回来。我不好时常打扰，往往晚上才能匆匆看旺财一眼。

一天晚上，叶子回到家，打开了房门，小旺财就从门缝里钻了出来，开始在走廊里慢悠悠溜达。

并不算宽敞的走廊似乎成了小旺财眼中的新世界，它的脚步从一开始的谨慎变得大胆，对每一处都充满好奇，这里嗅一嗅，那里闻一闻。看着小小一团白雪球在走廊里移动，实在可爱。

"好可爱！"

主卧姐姐刚好开门出来，看到了旺财。

"它真的好小一只啊！"姐姐惊呼。

旺财的可爱程度是谁见了都会夸赞一句的。我内心有种莫名的自豪感。

这位姐姐也养了一只猫，叫东根，她说旺财跟她家的东根挺像的，改天可以让它们认识一下。

就在我们姨母般慈祥地笑着注视着玩耍的旺财时，它突然干呕了一下，这次比之前更加严重，甚至因为过于剧烈，它的身子还跳了起来。

我突然感到慌乱。我忙叫叶子带旺财去看看。主卧姐姐也对叶子说，让医生看一下比较好。

叶子觉得这没什么。他一向是个遇事冷静、表现得很理智的人，看着他一脸云淡风轻，我怀疑自己是不是在小题大做。

我想起幼时的事。当时我求了爸妈好久，才终于得到一只小奶猫，而小奶猫才在家里待了一周左右，就开始呕吐，然后很快就不行了。

妈妈告诉我小奶猫就是有生存率的，生得小的、身子弱的，很可能活不下去。

我觉得惊恐，整个人变得慌乱。不带猫去医院，那打电话问医生总可以吧？当时已经是晚上10点，我们开始打电话给家附近的医院，第一家，没人接，第二家，终于接通了。

叶子拿着电话和医生沟通。他转述，小猫的肠道弱，吃了生冷东西会有这种症状，是正常的。

原来是这样吗……虽然还是有点不放心，但医生都这样说了。

况且，猫的主人不是我。

那个时候，我在想我是不是太自以为是了，并且为自己刚才失控一般的"坚持"感到不好意思。好像又一次小题大做了。

自我安慰似乎是本能，遗忘掉不好的事情也似乎是人的天性。

会没事的，这样的想法淡化掉了担心。

那一年，疫情还在肆虐。朝阳区的疫情变得严重起来，我们也开始了居家隔离。隔离第一天，在海淀工作的人还可以通勤去上班，第二天政策就变得严格起来。最终，五居室里的所有人都被要求居家了。

"在家根本没办法工作啊……"自制力超差的我，居家第一天就废掉了。

不过，居家有好处——可以给自己做好吃的。不用再点都是一个味道的外卖了。

我拿着食材去厨房，主卧姐姐也进来了，一边刷碗一边跟我闲聊，聊到居家办公的低效率，姐姐突然说道："明天你来我屋，咱们一起居家办公吧，可以互相监督，这样效率会高一点吧！"

竟然可以这样吗？居家突然变得有趣起来。

一直觉得主卧姐姐是位很友善的姑娘，但被邀请去她屋里一起办公，还是让我受宠若惊。原来合租室友间的距离可以被拉到这么近，我于是开始期待第二天的到来。

第二天一早，我如约去了主卧姐姐屋里。

主卧朝南，阳光从落地窗倾洒下来，整个屋子都暖洋洋的。

不紧不慢的一上午就这样过去了。

中午，在厨房和姐姐一起忙活的时候，突然觉得身边有什么东西。低头一看，旺财的小脑袋出现了。主卧姐姐看到旺财，又连连称赞真可爱。

做好饭，端着盘子回主卧，小家伙竟然想要跟上来。

姐姐在前面唤它，它蹦跳着跃跃欲试，想要跟过去，又有点怂怂的。

"可以让它进屋里玩玩吗？可以的吧？"我问叶子。

得到允许后，我和姐姐就敞着门迎着旺财进屋。

它一开始还有点胆怯，后来一个箭步就冲进房间。坐在主卧姐姐家沙发上，我的目光一直跟着旺财和东根。仿佛自己拥有了两只猫。我体会到了养猫的巨大幸福感。本来是为了高效工作才来的，结果，被可爱的小旺财惹得根本无心工作。

"啊——旺财蹭猫抓板的样子好可爱！要拍一下！"

"老姐儿你看，为什么它连拉屎的样子都那么好看啊。"

和主卧姐姐一起办公的这一天，我只收获了相册里满满的猫咪照片。

可谁又能想到，让我幸福到想要炫耀的一天，竟然会成为我每次回忆起都会后悔、后怕的一天。如果能够选择，我真的希望，那一天从未存在过。

叶子终究还是带旺财去看病了。

稀松平常的一天，我听到叶子淡淡地说："我带旺财去医院看了，不是肠胃的问题，是猫瘟。"

我甚至一时没听清那个词汇："什么东西？"

"猫瘟"，这两个字好陌生，可它隐约中似乎在告诉我一个残忍的真相，似乎下了某种冷酷的判决。

我还没意识到事情的严重性，乐观地问道："那怎么才能治好啊？"

叶子说："医生说，小猫治愈的可能性只有 30%。"

……

在我还没能完全消化这个突发信息的时候，叶子的下一句话像是投给我的一枚炸弹。

"旺财在隔壁那屋的猫砂盆里拉屎了吧？医生说最好让那户的猫也去检查下有没有感染猫瘟。"

双重的恐惧已经让我无所适从。

我想质问那天的自己："你知道自己在干什么吗？"

如果不是我的邀请，旺财不会去主卧姐姐那里玩耍，不会接触到东根，不会在别人的猫砂盆里拉屎。

接着叶子又说了一句：

"其实不告诉隔壁屋也可以的，因为成年猫被传染的概率很小。"

……

接连的冲击已经让我的大脑缓冲不过来。

旺财能否存活？东根有没有被感染？

而叶子口中说出的那句"不告诉隔壁屋也可以"，让我的心冷到极点。

从小到大接收到的信息，一直以来的思维惯性，让我从未想过还有这个选项。

这句话让我觉得眼前的叶子变得陌生。

而那个瞬间，我意识到，我必须抛开情绪，做出行动。

"要怎么治疗呢？"我询问。

"治疗猫瘟不是笔小费用，每天至少六百多，至少一个星期……"

"……成年猫小时候都是打过疫苗的，而且免疫力很强，医生说一般没什么事……"

"……告诉她，之后的事你考虑过吗？小一万的费用，谁来承担？"

"当初谁让猫进她屋的？"

……

叶子开始陈述事实，冷静地，赤裸地。后来几乎成了站在我的角度、为我考虑。

我整个人是慌乱的，我把罪过都归结到了自己身上。

我开始思考，刚就业不久的我能否承担那笔费用。我发现，自诩道德感强的自己，原来也会有自私的念头。

我百般斟酌了措辞，鼓起勇气去找主卧姐姐说明了情况。

说的时候仍是结结巴巴。我知道，是因为心虚。

在姐姐的脸上，我分明看到了可能会失去自己孩子那般的惊恐。

旺财的危险期是七天。如果能熬过这七天，就能好起来。

我只记得那几天的我浑浑噩噩。

一方面是对旺财能否活下来的恐惧感，一方面是对东根会不会染病的负罪感。

居家隔离终于结束了。

旺财住院了，我甚至都很难见到它。

主卧的姐姐带东根去打了几针疫苗加强针。

"谢谢你能及时告诉我。"

看到她发来的消息，我脑袋一嗡。我没想到她会说出这样的话。为什么有人能善良成这个样子？不责怪我，反而还道谢……

因为疫情，宠物医院不再接受宠物留宿，叶子每天都要接旺财回来。

终于又见到了旺财，它只会张着嘴，无声地叫。身子也软了，似乎风一吹就能倒。

第一天，旺财的眼睛里还有光亮，只是模样有点虚弱。我怪罪自己为什么不坚持早点送它去医院。

第二天，旺财的爪子上绑了纱布，那是打点滴后用来包扎伤口的。

第三天，我陪叶子去接旺财，看到它在恒温箱里安静睡着的样子，我坚信，我们有一天能够接健康的它回家。

第四天，旺财站着睡着了。那样子让人好心疼，它就是不愿意趴下，睡着也要站着。

第五天，旺财的情况有好转，吃东西也多了一点，也可以多溜达几步。是要好起来了吗？

第六天，旺财漂亮的白毛已经粘上了不知是血还是药水一般的污物，爪子上的纱布似乎长进了它的身体里。身子已经软到随时都要倒下，可还是要顽强地站立着，以一种带着仇恨似的不服输的眼神死死盯着前方……

第七天，是我们最后一次接旺财了。

就在医生给出那个残忍宣告的几小时前，我突然惊恐地到处打电话找还在营业的医院，似乎冥冥中感觉到需要跟时间赛跑。

终于问到一个宠物急救医院。医生说：治愈的可能性很小，如果你们愿意，可以来试一试。就在我着急地跟叶子转达的时候，原来的医生打来电话宣告：旺财没了……

在我看到旺财被白棉布层层裹住，躺在医院的恒温箱里的时候，我突然体会到了什么叫无能为力。

原来生命的终点，就是一切归于虚无。

"不能看它一眼吗？"我的大脑一片空白，木木地问旁边的叶子。

"可以，但是看的话会更伤心吧。"

我看了一眼那团白棉布，低下了头，没再坚持要看它一眼。

思绪被医生的话打断。

"单独火化还是集体火化？"

叶子问："集体火化是什么意思？"

"就是多只小动物一起火化。单独六百，集体三百。"

叶子最后说："集体火化吧。"

离开的路上，我有点恍惚。

我仿佛刚刚遭遇了一个巨大的"玩笑"。

做了一路的心理建设，想要最后一次好好接旺财回家，却没能见到旺财最后一眼。

想要好好地埋葬旺财，让它安心离开，最后却成了儿戏般的"集体火化"。我所珍视的家人一般的存在，在别人看来，甚至都不是一个生命，像是一件物品，被轻飘飘地处理了。

到最后，我甚至什么都做不了。我只觉得无力。

原来失去的感受是这样空空荡荡。当我把这种让我感觉害怕的感受打电话告诉妈妈后，我抬头望了眼天空。

那天的天空，蓝得很纯粹，一片云都没有，很空，看不到尽头。

总归还留下些什么吧？

"如果我不忘记你……你就会一直在另一个世界存在吧。"我看着天空，轻轻默念。

听说每个人都会遇到一只专属于自己的小猫咪。虽然这段记忆很短暂，但我想我已经遇到了。《寻梦环游记》曾改变了我对死亡的观念，我也因此相信：只要不被忘记，灵魂就将永存。我和旺财之间发生的故事，那些鲜活的记忆，承载了旺财在人间走过的痕迹，也成了我最宝贵的纪念品。所以我选择牢牢记住旺财这只最可爱最坚强的小猫咪，不会遗忘。

旺财，下次想你的时候，我会抬头望望天空，对你抛去问候："小家伙，你过得还好吗？"

四月，
后来我遇到了很多个你

猫咪　四月
作者　佳佳
职业　互联网行业从业者

怀揣着对未来的迷茫和期待，实习结束后，我就带着 8000 块钱，来到离家不远的上海，开始了人生的新篇章。在这座快节奏的城市，我日复一日快节奏地工作；感情上，为了未来更好的生活，我和当时的男朋友生活在不同的地方。那样的处境时不时让我感到低落、孤单。

　　我本没有考虑过养猫，大概因为我从小到大都比较害怕猫，对猫的感受一直是走路无声、眼冒冷光。2020年 4 月 18 日，一个寒冷的雨天，公司加班。同事在路边看到了一只小小的毛团子，缩成一团，是出生还没多久的小猫。同事把猫带到了公司，准备找好心人领养。我在办公室见到了小猫，逗弄了一会。它的眼睛被黏糊糊的分泌物糊住了，虽然从没亲近过猫，我很不忍心，给小猫擦了两次眼睛，小小一只，就待在我身边不走了。

　　快下班了，大家在商量小猫的去向。

　　"放回去吧。"

　　"这么脏，扔了吧。"

　　"我，我要！"我犹豫了很久，走过去。也许是缘分到了，那一刻我很想照顾它。

因为是 4 月份捡到的，小猫就起名叫四月。

养猫需要准备什么呢？羊奶粉，猫粮，猫砂，猫砂盆，指甲钳，驱虫药，眼药水，棉签……打住，我都没有啊。但是很快地，我就在同事们家里凑齐了这些东西。即使是在繁忙庸碌的大都市，一些小小的善意、温情也依然在人与人之间流转。我对四月说，你真是个幸运的小东西，看大家很快为你凑齐了开始新生活需要的装备。

说我养四月有一些冲动也不为过。因为我当时住的地方是不让养猫的。

"房子不能养宠物！怎么办！"

"你不能叫哦，我带你回家，嘘……"

我一会儿自说自话，一会儿与四月对话，适应着这份新的陪伴。

那天，凑齐养猫的东西，到家已经是夜里十二点半了。

我一边言语着，一边带四月洗了个澡。

101

四月洗好澡，颤抖个不停。真的对不起，我没什么养猫的经验，不知道刚到家的猫是不适合洗澡的。我记得我给四月弄干身体，放在鞋盒铺的窝里。不知道是不是那次洗澡吓到了，之后每次洗澡，四月都惊恐得不行，我却只会说它没有别的猫乖。

四月太小，不会吃喝，我拿着奶嘴，在深夜一点，小心翼翼喂着它。我把它的小窝放在床上，偷偷看着它。四月眯着眼睛，像是在装睡，我好开心，好新奇，四月真的是太可爱了。

这些过往的事情，在四月离开我后，反复浮现。我们相处的时间太短，照料不够。这份遗憾，随着时间愈来愈深沉。

四月来到我身边的时候，其实是我最苦的一段日子。我的工资是很不错的，但是精神压力很大，工作的压力，只身在外的漂泊感，感情的不顺。我和当时的男朋友在不同的国家生活，生活重合处逐渐缩小，那种无能为力感更加深了我的孤独，很多情绪都转化为内耗。一天，和他闹完别扭，我躺在地上生闷气。四月就那么趴在床头柜上看着我。我的注意力瞬间被转移，拿出手机各种给四月拍拍拍。直到四月停止互动，闭眼睡去。

"秒睡？"

好吧，给你放床上。

初入社会，对任何事都没有经验。陌生感、心里的孤独无法排解。是四月的出现，温暖了我。

我当时租的是一对上海夫妻的老洋房中的一间。房子有三层。

我在洋房内搬过一次家，从一楼搬到二楼，房租上浮了一些——主要是为了减小四月被发现的概率。

在洋房内搬家那天，房东叔叔来帮我搬行李，陆陆续续搬家到深夜。四月平时很喜欢喵喵叫，好像很想讲话似的。但是搬家的时候，四月全程藏得好好的，一动不动，一声不吭。

在我生活最奔波动荡的年岁里，四月是一只过于懂事的小猫。

看到四月每天眼巴巴等我回家，我当时产生了找个朋友陪陪它的想法，便决定养第二只猫。猫还没到家，就取好了名字，"五月"。我每天都跟四月汇报：五月出生了，五月长大了，可以接五月回家了……

后来看了猫猫的照片，肥嘟嘟的，决定改名叫嘟嘟。

接小家伙回家的路上，它一直喵喵叫。

"你们会不会打架哦……" "也不知道四月能不能接受你……"我一路碎碎念。

"小姑娘，手上拎个包，从哪回来啊？"

房东的话打断了我。我心里一惊，看着房东好奇的目光，搪塞道："嗯，衣服，都是些衣服。"我拒绝了房东的闲聊，上了楼，暗暗松了口气。幸好里面垫了很多厚衣服。

那时的我也没去了解大部分猫不喜欢别的猫"入侵领地"的知识，真的是一边养猫，一边学习养猫知识。四月并没有出现网上一些"独生猫"面对第二只猫的过激反应。甚至可以看得出，四月还挺喜欢嘟嘟的，围着它转，跟它嬉戏打闹，抱着它睡觉。嘟嘟经常在四月的安抚下进入梦乡。

等四月有发情的迹象了，我才赶紧约了附近宠物医院去绝育。发现自己的疏忽没有造成严重后果，才感叹"还好还好"。

后来，它们越来越大。每次门一开，就一块儿窜到楼上。

"那是房东的房间，不能去！"我每天胆战心惊，小心翼翼抱着它们回屋。

一段时间后，我和当时的男朋友分手了。我想换个生活环境。也是终于意识到猫咪长大了，需要更大的空间（这也是它们之前为什么一开门就往外窜），便搬了家。从一间房，搬到了属于自己的一室一厅。

我在那间洋房一共住了五年。

那是我在上海的第一个住处。叔叔阿姨总心疼我"小姑娘一个人"，尽力关照我。而公司发的礼品之类的，我都会带来送给叔叔阿姨。上海封控期间，我们真的是同吃同住，就像一家人。

我养猫的事，其实后来叔叔阿姨也知道了，但他们一直装着不知道。很感谢他们，给了我亲人般的温暖。

2021年春节，我想回家过年，心想，无论如何也要带我的两只宝贝一起。那时也没有详细了解过猫咪搬运的困难，只是觉得很多寄养不靠谱，我回家的日子又长，便毅然决定：我回，猫回！

那时还是疫情防控期间，没抢到车票，出租车也少，我当时也不知道怎么叫顺风车。大冬天，带着两只猫，坐了黑车，花了一千多。遇人不淑，黑心的黑车司机把每个猫都算一个人的价格，而且没把我送到家门口。半夜两点半，在一条人烟稀少的大马路上，他告诉我说到了，就把我和猫都赶下了车。

平时在上海都把自己的工作、生活料理得很好，没想到在回家的路上吃了亏。快过年了，路上没人，寒气视外套为无物，直接对人进行魔法攻击。猫咪也瑟瑟发抖。我哄着它们，等姐夫来接。当时作为一个猫妈妈的想法：我和两个孩子一定要在一起。

过年期间，家里人想劝我回来。我坚持自己要继续留在上海。

我的闯和倔，也许来自我的父母。他们年轻时候，重大选择都是自己做的，不接受父母的安排。女儿到了他们曾经的年纪，也要自己闯一闯，不想被早早定义。

只是他们如今为人父母，总会从安全稳定的角度思考问题。

我看着在家里自由活动的四月和嘟嘟，忽然对父母的心情有了更多的谅解。毕竟我也是有了这两只猫后，对住所的舒适、生活的安定有了更高的追求，并为之努力。

春节过后，我又带着我的两个猫孩子回到了上海，继续我的沪漂历险。

在上海这些年，我不停换工作，但是工资越来越好。

我不断搬家，在上海前后搬家一共五次，可能已经超过很多老家的人一辈子的搬家次数了。但是住的地方越来越好。

更换工作的阶段，我带着猫咪回家住了一段时间，还去江苏常州的姐姐家住了一段时间。调整好状态，又回到上海，整装待发。

之前的恋爱，因为四月、嘟嘟的陪伴，我走出来的过程比想象中容易一些。

回到上海后，找了新工作，在一次聚餐时，我遇到了一个男生。

养了四月和嘟嘟后，我的择偶标准愈发明确。最核心的一条就是，对方要能接受我的猫，不是追求期的刻意表现，不是口头说说。我不要求别人"爱猫如命"，但若是不能尊重和关心我所重视之物，这份关系注定走不长远，不如不开始，不浪费彼此时间。

而这个男生，可以看出是骨子里喜欢小动物的。走在路上，对流浪的猫猫狗狗都很好。他不仅给我准备了礼物，还买了很多东西给猫咪。他渐渐走进了我的生活、我的心。

我的生活，不需要依靠男人，我只是想过自己向往的生活，生活也确实在越变越好。

但是遇到对的人，心安了，我们一起越变越好。

我靠着积蓄，找房子的预算越来越充裕。

有段时间，有谣传说上海要封控，据说要封浦东。男朋友，也是我现在的老公和我说："我家周边疫情不严重。"我连夜带着两只猫孩子，"逃窜"到了松江区。我租了新的房子，从之前的一楼，搬到了十楼。

"高层养猫，需要封窗！"看到猫群铲屎官们的提醒，我拎猫入住后，一刻不耽搁，开始封窗。

谁知意外会那么快到来。

由于我的疏忽，尺寸量小了，要重新买纱窗。卫生间的窗户没来得及封。

可是没想到封控竟然追得那么快，我住的小区也被封控了。物流很慢。我也开始居家办公。

熬夜工作到凌晨四点，整个人晕晕乎乎的，又被突如其来的臭味熏得更晕了。我们家用的是敞开的猫砂盆，谁能想到那么可爱的小猫拉的屎堪比化学武器？我随手把还没安纱窗的卫生间窗户打开一点点，然后，实在困得不行，就昏昏沉沉睡去了。

当天晚上做梦，我梦到一只小黑猫对我喵喵叫。

第二天睡到自然醒。

……

这些干枯的细节，不断在我脑海中浮现。不是找借口，只是每当回想起那个晚上，我的大脑就只会反复"絮絮叨叨"这些细节。

等我睡醒，已经是 11 点了，像往常一样，我加好猫粮，添了水，铲了猫砂，等猫猫们睡醒、吃饭。

嘟嘟出来了。嘟嘟吃了饭。嘟嘟睡着了。

直到下午两点，四月还没有出现。

我终于意识到不对劲，在家里到处找，哪儿都没有四月。

我知道四月喜欢蹦蹦跳跳，知道四月喜欢卫生间。

我想过它下去了。但我不敢想。

你是在跟我捉迷藏吗四月？

"我们下楼找找！"我迅速换好衣服，和男朋友焦急地下楼到处寻找四月。

我想着，也许别人家的阳台或者底下的灌木能接住你。

四月可能能活。

我甚至找去地下室，心想四月可能会因为害怕，躲到人少的地方去了。

保安看我和男朋友慌乱，上前攀谈："你们在找什么呀？"

那个瞬间我觉得他是我唯一的希望，我忙问他有没有看到一只很漂亮的橘猫。

保安的话宣判了最终的结果："是不是那个尾巴特别好看的猫？早上六点上班时候见了，身上都是血，打扫卫生的扫走了。"

那个时刻的感觉，很难描述。我同时处于晴天霹雳和极端冷静两种状态。我以为我会崩溃，但我没有，我冷静地询问一些细节，这时候电话响起，我茫然接起。

"你好，你的快递放在小区门口了。"

是封窗的快递到了。我呆呆地站着，四月，快递到了，你怎么不等等我。

我脑海闪过很多念头，"眼见为实，那个肯定不是它""四月只是躲起来了""下个月它就两岁了，快递也到了，它怎么消失了"……

那天，我甚至没感受到悲伤。我抱着嘟嘟，在微博搜索各种猫咪的信息，试图找到我的四月。男朋友安抚我，向朋友询问："你家有怀孕的母猫吗？""你小区有橘猫吗？长毛的……"他在一起帮我找四月。

很多时候，我都很庆幸，庆幸我没有看到现场的样子。四月，就像是在我的梦境中"凭空消失"了。也许因为这个原因，我更容易"走出来"。

但四月带给我的影响，却在往后的岁月里不断膨胀。

四月的意外，是我的责任，都怪我没有封窗，我担。

　　但我没有一蹶不振，我做了很多好事。

　　四月走的那天，我拼命在网上找长得像它的猫，想把它找回来。我在微博看到了一只白猫，性格胆小。它给我的感觉，跟四月很像，让人想要呵护、照顾。后来，我领养了它，给它取名四月。

　　虽然它不是你——我的四月——我也不能把它当作你。

　　后来啊，我又领养了白猫豆豆，柴犬肉肉，白猫包包，白猫甜甜。最近，又捡到了狸花猫乖乖。

　　是的——你走后，我想尽我绵薄之力，让这个世界上少一些可怜的流浪猫，让它们能有温暖的环境，吃不完的食物。

　　四月，你看，你改变了这么多小动物的命运。

　　它们都有你的影子。虽然它们又都不是你。

　　四月，我的生活越来越好。你还记得我认识的那个男生吗？他现在成了我的老公。时间过得真快。遇见你已经是五年前的事情了。

可我再也遇不到这样的你。

你是我低谷时，照进来的一束光，因为你，我撑住了最苦的日子。

你好像是一个知道我人生路线的天使，忽然出现，忽然消失。像是从未来坐着时光机穿越来，陪我度过最难的一段时光，又在我生活渐渐变好的时候离开了。

四月，你在喵星还好吗？好久不见。

随着时光变迁，越来越强烈的还是可惜和遗憾。我在一些小事上很后悔，为什么当时经济条件没有更好？为什么早点不知道更多的养猫知识？为什么当时没有再多给四月一点爱？

还记得刚养嘟嘟的时候，我把嘟嘟当成小孩子，把四月当成姐姐，那时的我只注意到四月愿意照料嘟嘟，后来才渐渐发现，四月经常默默地看着我，我走过去，它又跑开，与我不是那么亲近了。

我以为它长大了，不黏人了。原来，再懂事的它也会吃醋，会在家里更加小心翼翼。吃零食后的时候，它只会眼巴巴瞅着，不会主动索要。四月真的是过于懂事的猫咪。

有一些岁月的苦，要等之后的人生回头看，才能意识到。

而四月的这份懂事，也是在它离开之后，不断让我感到酸涩。

为这本书撰文的时候，主编和插画师询问我，希望四月的插画是什么样子的？我之前并未深思，但那个时刻非常笃定：我希望插画中，它不是那个十分懂事，小心翼翼的猫咪。我希望它看起来像是娇生惯养的，活泼开朗甚至张扬跋扈也好。我希望在喵星的它，全是幸福，继续一个比我的记忆中更加美好的猫生。

我自己的人生态度是——努力，要强，杀不死我的终将让我更强大。

而当我看我的猫孩子，四月——我希望你的喵星岁月、你的下辈子，往后的每一生，全是享福。

四月啊，2024 年 7 月，我在家门口捡到一只狸花猫，取名乖乖。也是一个阴雨天，它主动接近我。它脸上纹路跟你好像。养到现在，它的性格，跟我希望的你的样子一模一样——不再小心翼翼，而是主动亲人，有什么不满或爱意都直接抒发。

四月，是不是你听到我的期盼来找我了？

四月，是你回来了吗？

永恒的礼物

猫咪　珍珠
作者　钱多乐
职业　企业职员

在我写下这篇文章的时候，它已经离开一年多了。

写下关于它的文字，其实并不需要太多时间，因为我们相处的时间其实很短暂。

而我迟迟没有动笔，是因为伤心的时间太长。等我终于能偶尔擦干眼睛，才敲下了这些文字。

平凡的一天

我是一个非常"宅"的人。那本来是我生活中的平常的一天，要说有什么不一样，就是每天两点一线的我答应了下班后和朋友去吃火锅。那是 2023 年 10 月 7 日。

下班后，走到楼下才发现下了好大的雨，打不到车，公交车也迟迟不来。即使大部分衣服都淋湿了，我还是顶风冒雨去赴约了。也许冥冥之中注定，那天我注定与一份珍贵的礼物结缘。

和朋友聊到了各自最近的生活。我说："觉得人生好没意思，好像已经没有自己在意的东西了。"

朋友说："你就是太宅了，经常不出门，这样会慢慢把自己封闭起来的。不如养只小猫吧。我也养了一只，每天下班看到它在家乖乖等我回来，就觉得很开心，照顾一个小生命，会让你有一种特别的体验。"

　　我对她的话不置可否。为了自由，我跑到一个离家一千多公里的城市工作。代价是失去了很多牵绊，身边没有亲人、没有同学，也没有以前的朋友，自由变成了放逐。虽然也结识了一些人，但都是泛泛之交。下班后几乎没有交集。

　　我常常和朋友调侃，我的房间里连盆绿植都没有，除了蚊子，我是唯一的生命。虽然我有很多的兴趣爱好，它们让我在每一个宅在家的日子不至于感到无聊。但是，对"事"的喜爱和对"生命"的喜爱是有区别的，而我的生活太久没有走进"新生命"。

　　饭后走出店门，我鬼使神差地提议要去看看她的小猫。在她推开家门的时候，一只金吉拉对她喵喵叫，跑过来蹭她的腿，乖巧又可爱。朋友喂它猫条，怜爱地抚摸它、和它互动……她们相处得很愉悦，那种愉悦也在不知不觉间感染了我。

一念随心起

回家后我躺在床上，熬夜刷着小红书。以前常听说"领养代替购买"，我试探性地去搜索"小猫领养"。

词条下跳出了很多待领养小猫的帖子。有被遗弃的、有生病或残疾的，有刚出生的、有怀孕待产的，有主人没条件养想找人接手的……各种各样。

这样的帖子太多太多，我感叹小动物生存的不易，却没有对哪一只另眼相待。本来打算睡觉了，偏偏一眼看到了它。

我的小宝贝"珍珠"。

照片上，它趴在一个男生的手心，身上有一些细碎的木屑和杂草，下面垫着一个红色塑料袋，乖巧的姿势、无助的眼神印刻在我的脑海。

珍珠，一直好想告诉它，它是我一眼就喜欢上的小猫，喜欢到不养宠物的心都开始动摇了。

它的领养帖并没有什么热度，只有两三个赞。虽然我很喜欢它，却也在心里打退堂鼓，我不知道自己能不能照顾好它。所以那天晚上，我只能在心里祈祷有好心的人领养它，带着这份因它而起的牵挂睡去。

第二天起床后，我又点开了那篇帖子，还是只有两三个点赞。

因为太喜欢它，所以我一直关注。出于某种奇怪的防备心，我换了几个账号去询问发帖人有没有给它找到领养。小姐姐很苦恼，说虽然有人问但都没有确定要领养。

看到这样的回复我很失落，因为她说的那些咨询的人可能都是我。

然后我开始询问送养人小猫的具体情况。

她说小猫晚上只能独自待在公司的仓库里，除了一个小箱子和几块碎布，就没有别的保温措施了。正值10月，昼夜温差开始变大，我有点担心。

与之相比，我能给小猫提供更好的环境，也许我把它带回来后，多花点时间和精力照顾它，它能健康地长大呢？

于是我下定决心说：我可以领养它。

送养人同意了。

过了一会，却又告诉我说暂时不找领养，它太小了，还是等它状态稳定一点再说。

这个时候我是有点失望的，毕竟刚下了决心。

让我没想到的是，小姐姐在当天下午又主动联系我，说公司唯一会给它喂奶的同事临时要出差几天，问我能不能今天就把它带走。

一波三折。我又惊又喜，提前下班，在网上买了奶粉，就赶紧打车去接它。

只道是寻常

真正见到它的时候，它比照片看到的还要小，伸直了身体也还没有我巴掌大。

我忧虑，这么小，真的能养活吗？

我不是一个很乐观的人，有时候觉得，所有的相遇都是"悲伤的种子"。不过，我也不是胆小鬼，既然命运让我们相遇，这颗"悲伤的种子"我就勇敢点带回家了。

送养人没找到合适的箱子，就要来了一个星巴克的外卖袋子，把它装在里面递给了我。

接过袋子的那一刻，我还是感叹它太小了，像一个纸袋里塞了一个塑料袋，飘飘忽忽的。

这么轻的它，让我感受到的是一份沉甸甸的责任。

我把纸袋子稳稳地捧在手心，隔着袋子，我和小猫能感受到彼此的体温。那温度通过手心，仿佛在熨烫着我全身的神经，让我不自觉地微微颤抖。

回家后，网上下单的奶瓶、尿垫、宠物电热毯也都已经到了，我火速用小纸箱给它铺了一个小窝。

它躺在里面不安地叫唤，过了半个多小时才终于安静了下来。我偷偷看它，发现它开始给自己舔毛，从前腿，到肚子，到尾巴……它那么小，却会给自己舔毛，小动物从这么小就已经会照顾自己了吗？是在害怕，还是在想妈妈呢？

我觉得新奇，用手机录下来。

它足足给自己舔了五分钟的毛，我足足录了五分钟。

然后小猫慢慢睡着了。

看着它小小的身体，像小老虎一样的花纹，我再一次把手伸到它旁边，还没我手掌大，那么脆弱，那么可爱，我内心有种说不出的柔软。

我之前就在网上刷过一些照顾幼猫的帖子，还专门补了一些功课，明确了喂养小猫的步骤和注意事项。

最具挑战任务就是喂第一顿奶。我一直提醒自己：不要让它呛奶！会很危险。

冲好奶后，我鼓起勇气轻轻摸了摸它，叫它起床喝奶，它睁开眼后有些茫然，然后叫得震天响。

我先给它刺激排便，用柔软的纸巾折成小块，轻点它的屁屁。

它可能觉得不舒服了，回头咬了我的手指一口，不过它还没长牙，一点都不疼。

我把奶嘴递到它的嘴边，它闻到味道后疯狂咬奶嘴，我紧张得直冒汗，手一直在发抖。怕它喝太急会呛奶，几番折腾，奶它是一口没喝上。

暂时放弃，让自己先冷静冷静。等平静下来，就继续给它喂奶。

这次我轻轻握着它，在它张嘴的时候快速把奶嘴塞到它嘴里，然后轻轻推了一小截针筒。让我没想到的是，它在尝到第一口奶后，就开始自己吮吸了，满满一针筒的奶，很快就被它喝完了。喝奶的时候，它的小耳朵一动一动的，可爱极了，要不是腾不开手，我当时一定给它拍下来。

它喝完奶后对我喵喵叫了几声，我怕它看着我会一直叫，累坏了它，于是我假装走开。它给自己舔了几分钟的毛才睡过去了。

但它睡得一点也不踏实，频繁醒来，叫几声，抬头四处看看，还时不时突然抖一下，反反复复……我很担心它，上网查了一下，说它这样的表现是因为离开了妈妈很没安全感，找一些毛绒玩偶陪着它会好一点。

于是我翻出了之前抓到的史迪仔玩偶，本来是一个背包挂件，小小一只，但相比之下，小猫甚至要更小一点。

我把玩偶放在它身边，起初它无动于衷，可是过了一会儿我再去看，它竟然抱着它睡着了。之后它虽然又几次醒来，但都是抱着史迪仔，俨然像抓住了最安全可靠的东西。

第一个晚上，难熬的不只是到了一个新环境的它，还有我。我把它的小纸箱放在了床边，这样只要它醒来动一动，或者叫上两声，我就能马上知道。

其实，一整夜，我都没有睡着，我根本不敢睡，时不时就凝神听听它的动静，或者偷偷用手机照着看看它睡着的样子，或者悄悄把手伸进去试试毛毯的温度。

从第二天开始，我就越来越熟练了。它熟悉环境后就开始爬来爬去，更加活泼好动，想要从箱子里出来。我给它换了个大箱子，铺得软软的，还放了几个玩偶和柔软的小毛巾。

它活动的空间变大了，就换着各种姿势睡觉，一定是喜欢它新的小窝的吧。

我买了个电子秤给它称体重，可它从来不肯好好站在秤上。我只能学习曹冲称象，把它放在之前的星巴克袋子里一起称，然后再减去袋子的重量。最后终于得出了这个小家伙的体重。

156克，太轻了。这还是喂了一些奶后的体重。

我每天给它喂第一顿奶前就先给它称体重，然后重复很多次给它刺激排便、喂奶、拍奶嗝、揉肚子，偷偷看它睡觉，然后偷偷拍下它很多可爱瞬间……

就这样养了它三天，吃睡都很正常，就是不排便，我挺着急的，担心它会不会憋坏了？

后来听了网友的建议，适当给它喂点蜂蜜水。到第四天的中午，给它刺激排便的时候，它突然就拉出来了。有点臭，哈哈！

"你好厉害。"

我很高兴，心头大石总算是落下了一块。我想到了网上形容小宝宝的那句"拉屎都被夸的年纪"。

　　可能是排出了便便，没啥负担，它更活泼了。它开始学走路了，但是总摔跤。看到我也不再只是喵喵叫，甚至还翻肚皮给我摸摸。

　　在带它回家以前，我每天都很晚才起来，可是从它到来后，我每天不用闹钟也能很早就醒，因为惦记着要照顾它。

　　看它能吃、能睡、能拉、能玩耍，我才决定给它起名字。

　　它的名字叫"珍珠"。

　　从小到大，我喜欢的很多人和物都叫"珍珠"。珍珠对我来说代表漂亮、可爱和珍贵。曾经看见过一句话："如果想跟某个事物建立联系，就给它取一个名字。"

　　在觉得它能顺利地活下来的时候，我给它取了名字，从此我们就有了联系和牵绊。

　　从这一天起，每天早晨的招呼就从"靓仔，起来喝奶"变成了"珍珠，起来喝奶"。

10 月 13 日，我对这一天印象深刻，因为在这一天，珍珠给我的手机相册贡献了很多超级可爱的视频和照片。

但有一个遗憾是没有记录下珍珠尿床。它平躺着睡，一泡尿一飞冲天，尿都淋在了自己身上却还在酣睡。我看到的时候震惊又好笑，不小心惊醒了它。可惜没有记录下那一刻。

又给它称了体重，它长到了 172 克。

几天的时间，我们越来越熟悉，它也确实如朋友所说给我带来了很多新奇的体验。

之前为了照顾它，我请了几天假，居家办公。假期很快结束了。我每天早起给它喂奶后去上班，中午急急忙忙赶回家喂奶，随便对付一下午饭，又急急忙忙回公司。

每天最期待的事变成了可以回家看到它。我又想起一句话：孩子会拴住母亲的心。养了它之后我开始领悟了。

若只如初见

10月18日，我回公司上班的第三天，中午回来给它喂奶，开门后它竟然没有像之前那样主动过来。

给它喂奶的时候，它吃了几口就不吃了，还很凶地咬奶嘴。它的尿也特别黄。这些异常让我有点心慌。

我问了卖奶粉的店家和宠物医生，他们都说让把奶粉调稀一点，观察看看。

我魂不守舍，上网查了很多。有个帖子说它这个时候可能是长牙了难受，所以厌食。

下午我提前一点下班。我很害怕，怕回到家再也听不到它的叫声。

等我急忙赶回家，开门以后听到它像平时一样叫唤，那一刻我竟然哭了。还好，它还在，还好好地活着。

给它排便的时候，尿液颜色已经正常，但喂奶时它还是只吃几口就咬奶嘴，或者去咬毛巾和史迪仔。

我轻轻掰开它的嘴巴，果然看见它长了尖尖的牙齿。我开始相信它是因为长牙难受才厌食的。

晚上九点多，我又尝试着给它喂奶，这次它不再把头扭到一边，而是狼吞虎咽喝了3毫升奶。

看着它喝奶了，我本该高兴，可不知道为什么，我感到强烈的不安，甚至想阻止它喝。

喂完奶后我坐在它的箱子边，看着它玩耍。它依旧很活泼。

我那段时间大部分时间都在公司，回来也是给它喂奶后就忙别的事，几天没有好好看看它、给它拍照了。

在它自己玩耍的时候，我又偷拍它，给它拍了最长的一个视频。9分53秒。

我发现它长大了一些，眼睛的蓝膜变浅了，光线亮一点就能看到它的瞳孔，耳朵也更立了。比起刚带回来那会儿，现在更像一只"小猫"，很漂亮很可爱。

它玩了很久，我手机也举了很久，最后举累了，我主动探过头去，让它发现我在偷拍它。没想到它看到我后，竟然呆呆地盯着我不动了，就这样看了两三分钟。

我心想，这是要玩干瞪眼吗？改天把它这呆呆的样子发到网上，标题就叫小猫咪和人干瞪眼——人类输了。

最后是我先忍不住，伸手摸摸它的头，它才回过神叫了两声，又继续去咬玩偶。

我看它状态挺好，就去试最近买的衣服了。试完衣服，直接去洗澡，刚放好水，就听到它凄厉的惨叫声。

起初两声，我以为它是饿了，后面才越听越不对劲，赶紧跑出去看。

却发现它大小便失禁，奄奄一息。

……

即便是现在，回忆起当时的场景，我都会身体发麻。

一切都太突然了。

匆忙赶到医院后，医生就宣布了它的死亡。

死因不详。

漫长的告别

我记得我是如何联系医院的。

颤抖着不断搜索附近的宠物医院，打电话问他们是否还在营业。

其中一个接电话的人语气很差。平时内向的我那个时候却没有退缩，简短向他描述了小猫的情况，问他我现在可以做什么。

那个人吼我：什么都做不了，别打扰我睡觉！

一记重锤敲在我的心上。

好不容易联系上一家 24 小时营业的宠物医院，夜间挂号费 200，让我能接受就过去。

那家医院有点远，可是我已经没有时间再去找别的医院了。

我记得那时楼下的道路在全段翻修，白天车辆禁止通行，晚上路过的车很少，网约车叫不到。我的心快要沉下去的时候，终于出现了一辆出租车。

我第一次催促司机开快一点——我从未做过的事情。

我记得到医院后。

医生有点惊讶我竟然真的会过去。他用听诊器听了珍珠的心跳后，就摇了摇头，但还是尝试给它注射了肾上腺素，做心肺复苏。

医生的两根手指不断按压着珍珠小小的身体，反反复复、反反复复……可是我的珍珠，它没有任何的反应，我的心一点一点沉到谷底。

最后医生收了挂号费 200，抢救费 200。400 块钱，得到了我的小宝贝已经离开的确定回复。

我向医生描述珍珠生前的表现，询问它的死因，可是医生说不知道。太小了，没什么明显症状，无法做出判断。

医生帮我把珍珠包裹好，用的是它平时最喜欢的小毛巾。

我的珍珠，一直都是一只干净的小猫咪。即使是这生命的最后时刻，也依旧干净可爱，奶香奶香的，它静静地躺着，像一块虎皮蛋糕。

走出医院的那一刻，泪水夺眶而出。半夜一点多的夜晚，我坐在马路边哭了很久很久。

来时温热，去时冰凉，我带着它回家了。

不久前，我还在刷手机，准备给它买玩具和猫窝，计划着它的成长。可它突然离开了，好像一场噩梦。

回到家，快两点了，街上很安静，楼道很安静，房间很安静，我很安静，珍珠也很安静。

太静了，我很害怕。

桌上还摆着它没喝完的羊奶，垃圾桶里有它尿湿的尿垫，箱子里的玩偶还在等着它今天抱着它们入睡。

有人说动物会预感到自己的死亡。所以，它像个小傻子一样，呆呆地看了我那么久，是在告别吗？

什么都还在，只是它走了。

我把它和史迪仔一起放在一个小盒子里，静静地看了它一夜，第二天中午把它带到一个公园的山顶上埋葬。本来想再陪它更久一点，但是，它已经散发出腐败的气味了。

自然规律不因谁的伤心而停止运行。

回来后我开始收拾珍珠的东西。用它以前睡的纸箱，装好它所有的物品，再用胶带封起来。箱子里有股奶香味，这是珍珠的味道。

气味会让人铭记很久，我舍不得它们消散。

我们只相处了10天。但我从失去它的那天起，每一天都很痛苦。很长一段时间里，我不敢再回忆它离开的那天，也不想回忆它离开后我的生活，我只想清楚记得我们之前相处的点滴。

当初妈妈知道我带了只小猫回家，不让我养它，说以前养的宠物离开后都让人很难过。假如我失去它，会很痛苦。

我再三保证不会的，我长大了，我会好好照顾它，执意要养。

现在我真的体会到了不信邪要付出的代价，我确实很痛苦、很痛苦、很痛苦！

埋葬它后我打电话找妈妈哭诉。

听到我哭，她也哭了。

我断断续续哭了一百八十多天。

我看了很多关于宠物离世后该怎样走出来的帖子，看了很多别人的故事，也看了关于生命和轮回的书，但都无法让我真正地放下和平静，那段时间，我放任自己去伤心。

我也尝试着在社交平台去发关于珍珠的帖子。

而发帖表达思念、伤心和遗憾，使我在这场离别的阵痛里越陷越深。

认为我做得很好的人安慰我，生命无常，尽力就好。认为我在博眼球赚流量的人和认为我没有照顾好它的人指责我。

这个时候，所有的声音我都要接受。

因为我需要安慰，也因为我本就自责。

我总觉得自己再也不会快乐了，就算还能快乐，也是带有阴影的。

可是，在决定要写下这篇文章后，我终于开始从那种非常痛苦的状态里走出来了。

与帖子的不同在于，一篇文章，要我从头到尾回忆我们相处的点滴。

也许因为回看的恐惧压过了伤心？

又或是借这篇文章，可以跟它有一个正式的告别？我不知道。

永恒的礼物

珍珠，以小猫的身体，在这个世界总共生活了 20 多天。

在我身边，10 天多一点，不到 11 天。

离开前，体重是 213 克。

它小小的身体和短暂的生命并没有消耗这个星球太多的资源，却带给了一个人一场巨大的欣喜和伤心，在她的生命里留下一道深深的痕迹。

虽然朋友都安慰，如果我不带它回来，兴许它活的时间要更短。

可我觉得，被救赎的那个人其实是我。爱与被爱，是一个人一生应该研习的功课，它填补了我的一些情感空缺，使我变得更完整。

珍珠离开半年后，我搬了家，收拾物品时，打开了之前封住的箱子。本来想存住的珍珠的气味，再打开箱子时，已经很淡很淡了。只有玩偶静静地躺着，证明我的宝贝珍珠曾经在这个箱子里安稳地生活过。

回忆袭来，我忍不住去山上看它，不再是像之前那样从它身边走过，而是真正把它从泥里扒出来看了它。

埋葬它的时候，我放了一张它的照片，此时照片已褪色模糊，送给它的鲜花也早就分解不见。它的躯体也已经所剩无几。

之前一直想带它回家。

我常常担心雨水侵蚀它，虫子啃食它。而此时看到这样的它，我知道，它已踏上了新的旅途。这是自然之道，是这世上最伟大的事情，是这个星球每天都在上演的奇迹。

时光真的一直在向前走。

我忽地释然了。卡在过去的我，突然可以向前了。

希望久别能盼来重逢。

再见面的时候我一定能认出它。

或许是个阳光明媚的早上，我打开门："珍珠宝贝，你回来了。"

我的救赎

猫咪　手套
作者　江南璇
职业　企业培训师

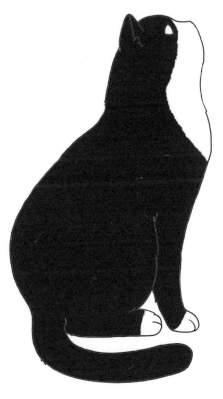

曾在网上看到过一句话：有人眼中的别人的"问题"，已经是别人人生的"最优解"了。

我是一个流浪猫救助人，深陷抑郁症多年，最难的时候，在上海，房租交不起。然而，面对得了传腹的流浪猫，刷信用卡也要救猫。很多人对于我的行为是并不理解的，自己的生活一塌糊涂，还要做"圣母"？更难听的话也有。

但是他们不知道，在我和这些毛孩子链接的时候，我的那颗破碎的灵魂，得到了"救赎"，在那些个痛苦难熬、无处诉说的日子，是他们的存在救赎了我。

我的第一只猫是个"黑猫警长"，叫作手套。他是我家楼下烤鸭店的猫妈妈生下的。每只猫都有自己的性格，手套聪明独立，又非常敏感。

手套不像大多数猫咪那样调皮，他总是安安静静陪在人的身边，我妈妈在做家务的时候，他一言不发，安静地在旁边坐着，他的爱和依赖是润物细无声的，那么的懂事稳重。不管我以何种样子在他面前出现，不管我大哭还是开心，手套永远那么安静地陪伴着我，他给我的爱是那么的踏实，有一种沉甸甸的稳定。

手套也很敏感，除了我们，他对其他人害怕极了，一有陌生人出现，他的魂都快吓没了，带着一种对未知的恐惧。现在想起，这样的反应，也像极了我自己。大概是这种相似性让我们的关系更加紧密。

到如今，我和手套已经彼此相伴九年了。

手套曾经历一次鬼门关。因为肾衰尿闭，反反复复，我抱着他四处求医，换了四家宠物医院，心里充满恐惧，我害怕失去他，一次又一次陷入崩溃。他一天24小时不间断地输液，在医院住了六天。我每天早上九点钟去医院守着他。这样折腾，接连六天，他终于可以自己排尿了。出院后，我每天手动给他用针管喂饭，大量补充水分，确保他能顺利排尿。一个月后，他的状态越来越好。

就当我以为一切都好起来的时候，突然有一天，手套不吃不喝，送到医院后，医生检查了生化，他肾衰的指标已经爆表。

医生和有经验的救助人告诉我，这个猫绝无生还可能性，那个时候我像个孩子一样号啕大哭，我觉得我的世界已经坍塌了，绝望，真的绝望，没有手套，我很难想象自己怎么存活下去。

在那段岁月里，手套真的是我唯一的依靠。

那天，我走出宠物医院，闭着眼睛跟老天爷许愿："我愿意用我后半生的幸福，去换手套的生命。"

奇迹发生了。

在医学领域，手套已经被判了死刑，但是从那天开始，只靠简单的输液，他竟然奇迹般康复了。

我的愿望灵验了。

然而，正所谓"言出法随"。我之后的生活，很长一段时间，好似我许愿那般，离幸福越来越远……

有人说，不幸的童年要用一生去治愈。我希望不要一生那么久。我已经花了很久很久的时间。

我的父母一直是非常严厉。没有道理的严厉。

小时候，我家住在四楼，突然一天，二楼邻居家有一位老者去世了，不知道是习俗还是什么，遗体在客厅，他们家的门是敞开的。一天放学，天黑了，我好害怕，我在楼下喊爸爸妈妈，希望他们能接我回家。我爸爸在楼上严辞斥责我，让我自己上去。

我认为所有小孩都是被这么对待的。我从小不知道被爱究竟是什么感觉。我感受过几个片段，很模糊，都是我的奶奶带给我的。

有一次回老家，我和奶奶住在一起。半夜，我想去洗手间，我问奶奶洗手间在哪里，奶奶告诉我在房子外面。我起身正想去，奶奶居然也起身，说陪我一起去。

年幼的我愣住了，这个世界原来有人可以这样对待我。

就这样的零星的片段，对于大多数人来说可能微不足道，但却是我三十余年的人生为数不多的温暖的回忆之一。

有一天，我妈妈给我打电话，告诉我奶奶去世了。

当时我正在厦门旅行，和那时我最爱的人，那也是我为数不多快乐的时光之一。厦门天气很好，接到电话时，我刚睡醒，映入眼帘的是蓝天白云。

妈妈告诉我消息的时候，我沉默良久，发出第一声嗓音就已沙哑，然后就是鼻涕眼泪喷涌而出。那是2018年的晚秋，我真正意义上面对生死离别。

当我走在回奶奶家的泥泞小路上，我依然没法控制自己的眼泪。家族里有些人感到奇怪，我和奶奶相处时间不多，但我却是最难过的那个人，他们不懂，为什么我一个远在千里之外的孙女是最难过的，一直陪在奶奶身边的亲戚都没有我难过。

此后我与我的奶奶只能在梦里相见。有一次梦见她，梦里，我来到她离世的那天，我看到她瘦弱的遗体，我竟然看到她动了一下，我以为是我看错了，可她真的动了，她微弱地睁开眼睛。我哭着喊着说我爱你，我爱你，好怕你听不到……母亲在旁边说，没用了，她没得救了。

梦中的奶奶尽力大喊了一声：我会努力活着，我能坚持一天，就能爱我的孙女一天。

梦境中的我悲痛欲绝。

醒来后，我一个人坐在沙发上，在黑暗中无声流泪。

生活来到了分水岭。我遭到了爱人的背叛。之后，短时间内，侄子遭遇车祸去世，外公也去世了，我的发小去世了，外婆也去世了，工作也四处碰壁……一连串的打击来得太快，我不知道怎么去缝补。

家人变成了最熟悉的陌生人，看不到我几乎飘散的灵魂，大事小事都批判、责骂我，他们的每一个冷眼、每一句责骂，都像是对已经遍体鳞伤的我的又一刀凌迟。为什么至亲之人可以这么无知无觉？我真的撑不住，唯有看着猫猫的时候，我觉得内心是平静的，无数的难熬的夜晚，我抱着手套，多么希望那刻的平静就是永远。

2019 年初，我抱着手套在家里的阳台上大哭。我想要逃离这个地方。我说我要换个地方生活，遭到了家人强烈的反对。我尝试用语言描述那时的痛苦，却能力不足，总觉得少一分则寡淡，多一分则煽情。那天，我在阳台搜索不痛苦的自杀方法，我想着，如果改变不了现状，我宁愿死掉。

我还是选择改变。我逃走了，带着一个行李箱，和一千多块钱，买了去上海的票。难过的是我不得不暂时离开了手套和囡囡（我救助的另一只猫）。

刚到上海时，我出现了躯体化症状。

抑郁来袭时，是无法靠意志驱赶的，患者普遍会面临海马体体积缩小，血清素分泌减少，神经递质失调等变化，这一切的变化会导致"躯体化"，思维开始模糊，记忆力下降，头痛，头昏甚至产生幻觉等。精神医学领域曾有专家说，抑郁症就像是发烧一样，发烧的时候的人是极度难受的，不能做任何事情，对于抑郁症患者来说，身体已经无法进行日常的活动，但是又不得不去做，这种感觉是很痛苦的，痛苦到无法言说。

我经常短暂失忆。前一秒我告诉自己，这个东西要小心别弄丢，几分钟后就发现我手里已经没有任何东西了。我感受不到任何正面的情绪，甚至感受不到任何情绪，有时候突然间身体难受，只能躺下，什么也做不了，有时候世界是灰色的，有时候看到的画面好像降到了 0.5 倍速……我就这样躺在我上海的出租屋里，但即便如此，我也没想过要回家。如果逃离是我生命的主旋律，那么我要坚持走下去。

幸运的是，这个过程中，猫咪一直陪伴着我。我找机会接来了我的手套和图图。后来我救助了不同的猫，现在我已经有了十只猫咪。我一边养着他们，一边为他们寻找合适的领养人。

作为一名救助人，我好像找到了自己的使命。每个人都对生活没办法有绝对的掌控，我们控制不了变数，但是我或许可以从细微之处找到确定感，帮助一个又一个脆弱的生命。这种使命感和掌控感救赎了我。

前段时间，我送养了一只猫，叫作贡菜。他的主人非常疼爱他。但是他从家里的高处摔下来，摔得特别严重，膀胱和尿道破裂。我知道后，第一时间陪着贡菜的主人赶到医院。主人泣不成声。贡菜很快就完成了手术，可惜第一次的手术之后，贡菜的腹部仍然有尿液，我们四处寻医、转院。贡菜经历了二次手术，整个过程，主人一直处于崩溃和恐惧之中。最后贡菜宝宝还是走了。贡菜主人给他处理后事，她很自责，觉得是因为自己才让贡菜去世，她告诉我，当时她和老天交换愿望：用自己一半的生命去换贡菜的康复。

不过，这一次，老天没有接受她的许愿吧。

我很高兴，基于我的经历，可以给这个猫妈妈提供一些宽慰。

我们都要学习如何告别。

面对生死，不论是人，还是动物，不论经历多少，我们永远不会有经验，永远没办法从容地面对。

然而，我想，哪怕是一个瞬间也好，我们也能做出改变——我深知那个瞬间有多么的重要。这个世界有时候真的很糟糕，但我想在我力所能及的地方留下一点点美好。

　　我很感激我的猫咪们，是猫咪们在我无数个痛苦的时刻给我力量。被救助的猫咪很多还在等待合适的家庭。他们让我看到了生命的意义。

　　看似是我救了这些猫，实则不然，真正被救赎的，是我。

回喵星一路顺风

猫咪　喵小咪
作者　锦心
职业　医疗行业从业者

喵小咪是我人生中的第一只猫咪。

从小喜欢猫猫狗狗，可惜父母不爱，所以直到结了婚，生了娃，才有机会实现了这个夙愿。去接她之前，老公问我："猫咪要磨爪子，你这些个新置的真皮沙发和床头，可都要交代了，确定要养吗？"我毫不犹豫地点点头。

那天，是六一，喵小咪是我今生收到的最美好的儿童节礼物。

喵小咪是一只加菲，当时刚刚满月，毛发稀疏，睁着大眼睛可怜巴巴地在我的掌心瑟瑟发抖。她的脸并不是大众审美中漂亮的猫猫，但我还是不可救药地一眼就把她当成了心尖尖上的宝。

时间过得很快，一转眼喵小咪就从小奶猫变成了漂亮的三花小美女。喵小咪性格温柔宁静，总是稳稳当当地趴在近旁。偶尔不见外地把脸埋进我的水杯，我也从不忍苛责，只是及时拿起手机抓拍一张现行照。当我痴病发作将她揽在怀里不放，她也不会挣扎，而是忍受到极限再轻轻挣脱，飘然而去。虽然，我的沙发确实是被她挠得稀碎了。

我这个铲屎官没经验，不称职得很，当时也没加什么社群去学习。闺女发情了，子宫蓄脓了，半夜爬到我脸上求救，我才在最后关头踩着点送她去医院，医生拧着眉盯着血常规的检验单跟我说：再晚送来一天我就没把握能救她了。

做了子宫切除手术后，喵小咪更加无欲无求，瘦得皮包骨，我又自责又心疼，绞尽脑汁买来能买到的一切营养品，调理了两三年，好不容易等到她不再那么形销骨立了，可没想到平静的日子又被打破了。

2021年的除夕，我在单位值班，手机叮的一声响，是老公发来的视频：家里多出了一只巨大的重点色布偶猫。喵小咪被吓得弓背炸毛，蹿到五斗橱顶上哈气。老公说他去亲戚家拜年，路遇这只布偶沿街流浪乞食，一路跟回家里，一时被美貌蒙蔽了双眼，就把他抱回来了。

我心头一惊，因为之前疏忽导致喵小咪遭受无妄之灾，后来就有意无意关注了很多养猫心得分享，其中一条便是：当独生猫家庭想升级多猫家庭的时候，一定要注意新成员的体型不能比原住民大太多，不然会激发原住民强烈的领地意识；另外，从外面抱回来的流浪猫要先隔离、体检，确保疫苗完备才可以慢慢尝试和原住民融合。但是我的老公完全不知道这些程序，直接就让两只猫见面了。

我一下夜班，就火急火燎赶回家，把"新来的"塞进喵小咪的小猫包，押去宠物医院体检疫苗一条龙。好消息是："新来的"大约两岁，正值壮年，除了在外流浪这几天身上有些灰尘，四个爪子里各攥着一把小泥巴，倒是身体健康，疫苗完备。看来走丢前也是被主人好生照料着的；坏消息是：他甩着一对巨大的铃铛招摇过市，激素值爆表，显然是被荷尔蒙支配着离家出走的……而我的喵小咪，两年前就已经"清心寡欲"。

医生的判决是：拆蛋，立即执行。我的意见是：附议。可惜"新来的"前几天饥寒交迫饿怕了，一到我家就狂炫了半盆猫粮，不具备立刻拆蛋的条件，我们只好先带他回家，控制饮食，择期手术。

没想到就是这一拖，就捅了大娄子。第一个站出来强烈反对的是我老公，也不知是什么奇奇怪怪的认同，让他生出了一种噶了"新来的"就像痛在他身的莫名其妙"共情力"。可也不知是对新的环境没适应，还是我的严厉约束让"新来的"不敢造次，"新来的"除了逮到机会就没命炫饭之外，似乎就再没有什么过分的行为了，噶蛋的事一来二去就这么被搁置了。

平淡的日子如水无痕，半年时间就这么过去了。"新来的"渐渐靠他的过硬颜值和自来熟的二流子气质俘虏了我娃、我以及喵小咪。喵小咪一开始会哈气、炸毛，后来也慢慢习惯了"新来的"每天清晨起床必须从身后扑上来"勾肩搭背"一起散步的特殊早安仪式。

"新来的"站稳脚跟，拥有了自己的名字，叫胖红。

冬去春来，春走夏至，秋凉渐起，在我的无知无觉中，一年两度的猫咪发情月又到了。

一天，我下班回到家，发现满地狼藉，连楼梯间下面装满东西的置物箱都被大力推到了地当中。一股不祥的凉意从脊背爬上头皮。早上出门前，胖红叼着脖子试图骑在喵小咪身上的画面在我脑中一闪而过，当时着急上班，我伸脚把胖红踹开就走了，难道……

这时才反应过来，平时只要我下班拿钥匙开门，两只猫都会在门口迎接，今天却都没有出现。

我叫着喵小咪的名字遍寻她不着。心慌意乱地楼上楼下翻箱倒柜找了一大圈，终于在一楼梳妆柜和地面间的小缝隙找到了喵小咪。

　　她就那么静静地趴着，不声不响，圆圆黑黑的瞳孔里看不出丝毫的情绪。我轻轻地把她抱出来，上上下下仔细检查了三遍，确认没有外伤，稍稍放下心来，惊疑不定地反省是不是自己想太多了。那几年还不流行在家里放监控，我确实没法知道到底发生了什么，心里还暗暗庆幸没啥大事。然而，后来的惨痛教训却让我狠狠打脸，以至于多年后的今天，我仍需要反复进行心理建设，才能鼓起勇气回顾那天，以及那天之后的那段时光。

　　过了两三天，喵小咪还是时不时钻到柜子下面，下腹部逐渐出现了一些青灰色的痕迹，并且慢慢像气球一样涨了起来。我慌了，连忙抱去给上次救过她的医生看。医生检查了一通，只说因为挫伤导致腹部有积液，当务之急是先把肚子里的积液引流出来，倒是没什么生命危险，让我安心。

　　那个引流术，实在是太残忍了，完全用外力把肚子里的脓液挤出来，整个医院回荡着喵小咪的惨叫声。这样的引流，连着搞了好几天，喵小咪却丝毫没有好转。

引流术的最后一天，医生说：腹膜穿孔有疝气了，单纯引流应该是不能解决问题了，需要开刀，但是开刀也只有四五成的把握能救回来。因为这几天的治疗，猫猫肯定是贫血的状态，即便手术成功，后续的恢复也是未知数。

我睁大眼睛，努力试图理解医生的话，脑袋里却像是塞了一团棉花，他说话的声音似乎离我越来越远，我听不清，听不清……

麻木地和医生交流完，我反复强调不论手术有几成把握都做，不计代价，抢救。签了一大堆知情同意文件，把喵小咪再次送进了两年前的那个手术室，我如一缕幽魂般，茫然走到医院门口，有那么一刻我心里真的在想：我是谁？我在哪儿？我在干什么？突然，意识回归：我没保护好喵小咪，她，要死了。剧烈的痛楚像一个巨大的铁锤狠狠击中我的胸口，我终于崩溃，蹲在医院门口的台阶上号啕大哭起来。

喵小咪在手术室里经历生死考验，我的灵魂仿佛也随她一起去幽冥之地兜了一圈，她从小到大的点点滴滴刹那间像走马灯一般出现在我的眼前：走平路都跌跌撞撞的小奶猫，却能抓着裤腿一溜烟爬到我老公的肩膀上；夜里当我们瞌睡想休息的时候，却正是她精力最旺盛的时候，跑酷的地图包括但不限于客厅的沙发、茶几、电视柜、飘窗，厨房的餐桌、操作台，以及二楼卧室床上睡着的我们；凌晨肚子饿了，会用她的小尖指甲"嘣"一下，"嘣"一下地挠着我的皮沙发，然后抬起那人畜无害的小脸，轻轻"喵"一声，狡黠地打个哈欠，目光炯炯地看向我……

这时候有只手轻拍肩膀，将我拉回现实，是导诊台的护士看我无助痛哭，好心地给我搬来一把椅子。

大概过了一个世纪那么久，手术成功做完。医生说手术后续的恢复才是关键，只要喵小咪可以克服术后贫血这个难题，应该可以活，但是短期内要住院挂水，观察恢复情况。我当下就赶回单位把当年所有的休假都申请下来，一共两周，专心陪着喵小咪再闯一次生死关。

接下来的一个礼拜，我每天一大早就赶到宠物医院，陪着喵小咪挂完所有的液体，不停往她嘴里塞着配方猫罐头、鸡蛋黄等食物，她被我逼到笼子角，虽然哼哼唧唧但一口一口也都咽下去了。肚子上的伤口愈合得很快，大约七天之后，我们被告知喵小咪可以出院了。这期间我还见缝插针地把胖红押去医院拆了蛋。

事情顺利得让我产生了一种已经化险为夷的错觉。

拆线了！回家了！喵小咪出院这天全家人都喜气洋洋的。我一直牢牢记着出院时医生交代的话："她现在贫血的症状还是挺明显的，上牙床没有血色，你们回到家要保证饮食摄入的营养，有什么问题及时复诊。"

回到熟悉的环境，喵小咪的性子也格外地执拗了起来，无论我怎么努力，都无法撬开她的嘴喂进去一口猫粮。我心急如焚反复念叨着保证饮食保证营养，恨不得一口把喵小咪喂得像生病前一样胖。在这种执念的驱使下，我把她两条后腿往自己双腿中间一夹，上身挤在我和餐桌中间，勉强找到了一个似乎可以控制的姿势。

意外突然发生了。还没等我拿起猫粮，她已经尖叫着奋力一扭，从我怀里挣脱跑走了。

我满怀挫败感地呆坐在餐桌前半晌，心里茫然又无措，最后也只能强打起精神告诉自己：换个姿势，再来一次。当我在卫生间洗漱池的桌缝里找到她，准备跟她再战三百回合时，眼前的一幕却让我如堕冰窟，全身的血液都冻结了。

喵小咪侧躺着，两眼失神，张嘴伸舌喘着粗气，露出的肚皮上豁开了一个大血口子——刚才跟我挣扎的时候，她才拆线的手术刀口，硬生生地重新撕开了。

从那一刻开始，我的记忆是恍惚的，记得的片段有：我和老公抱着她扑到医院去重新缝合了伤口，喵小咪不吃东西，开始拉稀，喘着粗气躺在地板上瞪我，像失明了似的在地板上蹒跚蠕动……

我记得我把她抱起来，轻轻说：宝贝，你要是实在难受，就睡吧。

她用尽全身的力气，痛苦地嘶吼着，在我怀里，终于停止了呼吸。

第二天，我们把喵小咪埋葬在以前经常露营的湖边，有山有水，风景秀丽。回到家，我流着泪握着她的项圈为她抄经超度，抄的是《金刚经》：一切有为法，如梦幻泡影，如露亦如电，应作如是观。

之后很长一段时间，我陷入一种先假设再自责的情绪怪圈中无法自拔。假如当初我坚持一下早点给胖红做绝育，也许意外就不会发生了；假如当初家里有监控，也许我就能知道意外是怎么发生的……

唯一让我庆幸的一点，喵小咪是在我的怀里咽气的，她应该能感受到我的爱与不舍。再后来，我在对喵小咪日复一日的怀念中，渐渐悟出了她出现在我生命中的一些特别的意义。

中国人的含蓄内敛刻进骨子，对很多话题讳莫如深，比如爱，比如性，比如死。我是在喵小咪的病痛死亡过程中，才第一次真实地体验到了身边至亲至爱离去之痛，是那么切肤刻骨；第一次真实地体验到了在意外和疾患面前，所谓的现代医学有多么无能为力。

喵小咪的离开教会了我：在意外发生时，在大限来临之际，我们需要怎样岿然地直面。

喵小咪在世时，我对她讲过好多次"我爱你"；她意外离开前后那段时间，我对她讲过好多次"对不起"；我想现在，是时候对她补上这第三句告白：喵小咪，谢谢你。

谢谢你来人间陪我几年，你教会我的东西，我将珍藏一生。

一次聊起喵小咪，老公说：我听过一个说法，小动物如果这一世在人的身边当宠物，下辈子就可以转世为人了，说不定现在喵小咪已经在哪个医院的产房呱呱坠地了。

虽然我嘴上抱怨了一句"做人还不是一样辛苦"，但这个说法却又实实在在的熨帖了我皱皱巴巴的情绪：如果是真的，倒也挺好。

喵小咪，回喵星一路顺风。有缘终会再相见。

告别是场潮湿
且难忘的雨季

猫咪　南风
作者　糖糖小锦鲤
职业　创意行业自由职业者

这个荒诞的世界，似乎处处都存在悖论。

有很多人如《破产姐妹》里的麦克斯一样，无法拒绝那样一份暖乎乎、毛茸茸的美好，从而开启养宠模式。

可不知道什么时候起，网上开始盛传一个新的观点——养宠其实就是跟上天签署了一份"快乐高利贷"，让你至多开心十几年，再用漫长的痛彻心扉去偿还。

和别人不同，我拿到手里的是一份注了水的快乐高利贷。首先，它并没有让我那么的快乐；其次，仅仅享受了几个月，我便开始偿还。

这就是南风走了以后，我在悲伤之余，得出的荒诞结论。

在南风之前，我想象中的养宠生活，应该是从一只刚出生的小奶猫开始。我要贴贴它圆圆的小脑袋，我要捏捏它粉粉的小肉垫，从喂它吃羊奶，到教它埋猫砂，一个环节都不落。

结果，我在宠物店挑花眼的时候，闺蜜突然给我打来一通电话。"有只布偶被上一任主人弃养了，要不你先领回去养着吧？"

听她说完，我第一反应是回绝。因为那只布偶已经五岁左右，换成人类的年龄，已经是个中年大叔了。这与我期待中的养宠生活完全不一样。

可我耐不住闺蜜的死磨硬泡，终究是答应先去她说的地方看一看。谁知道，就是那么一眼，让我整个沦陷了进去，全然忘了自己本意只是给个面子而去走个过场。

如果说布偶猫是"仙女猫"，那么这只猫一定是"仙女"中的"仙女"。它有一双好似藏着星辰大海的蓝色眼眸，还有粉嫩到不像话的肉垫和鼻头。不仅没有一点与它年龄相符的"叔气"，反而时时刻刻透出一股清澈的愚蠢。

在听说它被几任主人领养又弃养，一度只能跟着狗子吃狗粮，甚至这么大了连个固定名字都没有之后，我的怜惜直接达到了顶峰。

"以后你就叫南风吧！" 我取《西洲曲》里"南风知我意，吹梦到西洲"的南风二字为其命名。我希望半路相逢后，它的余生能如它的外表一样，浪漫且诗意。

到家后，我按照网上教程说的，将猫笼的门打开，便不再刻意去关注南风，只是与它待在同一个房间，安静地做着手账。

过了半晌，南风终于缓缓从猫笼出来，踩着优雅的步子，开始巡视新环境。溜达了几圈之后，它尝试了我提前放好的猫粮和水。

很好，很棒，我心里为南风默默点了个赞。它适应新环境的速度比我想象得快多了。

虽然内心在不断发出土拨鼠般的尖叫，但我表面上依旧淡定从容地做着手账。

又过了一阵，我忙完手里的活儿，收拾好胶带和本子后，才发现南风已经在距离我不远的地方，翻着肚皮睡着了，像只憨憨的小猪。

心里想着，这傻孩子咋不进我给它新组装的纸箱猫窝里呼呼啊？边想边一只手轻轻摸向南风那暖乎乎、毛茸茸的肚皮……

都说冲动是魔鬼，箴言诚不欺我！第一次触摸就开启了我养宠之路的第一难。

入手并不是想象中如云朵般蓬松的手感，而是大大小小似石头的毛结。更让我惊悚的是，我看到有虫子从南风的菊花那里探出头来扭动！

我当时整个人都僵了，立马把它塞进原箱，奔向距离我家最近的宠物医院。体检、驱虫、药浴……一系列操作下来，成功花掉我一千多块钱。

"你是凭一己之力，硬生生把免费的身价打上去了啊。要不以后你叫'千万'得了？"拎着调理肠胃的功能性猫粮和治疗皮肤病的各种药品，我苦笑着对南风开玩笑。

回应我的是南风肚子的一声咕噜噜，接着它在航空箱里华丽地拉了一大泡软便。

很好，还没出宠物医院的大门，就申请返厂清洁，是吧？你可真是磨人啊。

从此以后，我跟南风就过上了时而剑拔弩张，时而亲密无间的极限拉扯生活。

也是没办法的事，南风的耳螨和皮肤病都蛮严重，还是一个玻璃胃。完成每日任务——上药和喂药，就跟我要杀了它一样。从它反抗的程度，肉眼可见，我在它这里嗖嗖掉亲密值。

我努力学习了网上各种无痛喂药、无痛上药教程，可是在南风身上完全不起作用。洗完它一只耳朵里的螨虫，起码得消耗我十来分钟。

更糟糕的是，或许是想报复我每天的"折腾"，南风开始偷偷做坏事——总是趁我不在房间的时候，把尿撒在它的猫吊床那里。

"大家都是新手村出来的。我头一回当主人，你头一回当宝宝。为啥就不能包容我一点呢？"又一次把猫吊床的网兜拆下来清洗之后，我无奈又委屈地对着它抱怨。

或许是看懂了我的眼神，或许是读懂了我的语气，南风从猫窝里出来，伸了个大大的懒腰，慢悠悠地走过来，用头拱了拱我的手臂，待我一抬手，便钻进来乖巧地趴着，将大脑袋耷拉在我肩膀上。

遇到这样的熊孩子，除了宠着还能怎么办？那一刻，我突然有点理解为人父母的心理。

和南风算是中途相识，它一身的毛病有的让我劳心劳力，还让我时不时生气。所以，和它共度的日子，并没有我以前想象的美好和欢乐。

好坏参半吧。喜欢的时候，是真喜欢。讨厌的时候，是真讨厌。

不过我始终没想过放弃它。从接回来的那一刻起，我便许诺了要养它一辈子。我不想成为自己唾弃的、南风的历任前主人之一。

我一度以为，自己和南风的日子，就会在这样的磕磕绊绊中度过，起码会维持十年或者十五年。

有时候，我也会心有不甘地嘟囔："要是你哪天回喵星了，我一定接个更乖更可爱的奶崽崽回来。"

万万没想到，相逢如此偶然，分别也会突然而至。

我依旧记得，那一年的冬天，突然大降温。

或许是我下单宠物电热毯晚了几天，也或许是我中午让它在阳台晒太阳的时候吹了风。当我在榻榻米上铺好宠物电热毯的时候，南风已经接连不断打起喷嚏来。

在线上跟宠物医院的医生沟通后，用跑腿买了多西环素片和赖氨酸口服液过来。

"你可真是个脆皮猫叔啊。"我嘴里叨叨着给它喂了药，心里没有很紧张。

一来，照顾南风五六个月，我自认为已经有很丰富的养护经验；二来，常给南风看病的医生，也说这是换季常态，认为没啥大问题。赶巧的是，那段时间我因为一些事情需要经常外出。在喂完药，观察了半天之后，我就拜托朋友每天到家里添粮加水喂药，自己出门了。

我自以为，这样的安排已是万全。谁料到，等我两天后忙完回家，却是见南风的最后一面。

我记得我拿着给它买的玩具，想象推门后会看到南风开心地走过来，跟我贴贴、要我抱抱。

结果现实却是，我看到南风虚弱地侧躺在猫窝旁边，无精打采地虚着眼睛，微张着嘴在喘气，全身最大的动静莫过于肚子在一起一伏。

听到我的动静，南风似乎用尽了力气，抬了抬头。我连忙走过去，把它一把抱在怀里，顺手抽出纸巾，将它鼻口处的黏液拭去。

"南风，你怎么了？跟妈妈一起去看医生好不好？"我一边把它抱起来，一边顺着毛想要给予安抚。

结果，还没等我走到玄关，它突然拿头用力蹭了蹭我的臂弯。我听见它清晰地"喵"了一声，然后，整个身子如同被猛然抽走了什么一样，软了下去。

再看它，它已双目无神，眼中再无灵动的璀璨星河，假得像一对玻璃珠。

我不记得是怎么抱着它跑到宠物医院的，只记得自己一遍又一遍说着："你坚持一下，南风！"

结果很遗憾。医生拼尽全力抢救，也并未发生奇迹。

"这种急性心源性肺水肿，就是走得很快。"医生如是说。南风就那样，突然离我而去。

麻木地处理完一切后事，打开通信软件向熟悉南风的亲朋好友一一告知，我那时才感觉到，似有一把锉刀，在一下下磨着心脏，一阵一阵的钝痛这才传递过来。

翻开购物软件，将买了但未到货的产品进行物流拦截，退货原因那里填写"我家宝贝已经回了喵星"。在确认提交的同时，我的泪腺也终于打开了开关。大颗大颗的泪水，啪嗒啪嗒掉下来，砸在手机屏幕上，然后连成一片。

明明一切好好的，为何突然变成这样？我在网上疯狂地查看与南风相似的病例，心里一遍又一遍地问自己。

这时，一篇主题为"养宠就是快乐高利贷"的图文引起了我的注意。"那我得到的岂不是注水版'快乐高利贷'？"我讥讽一笑。可这样的戏谑并没能让我觉得好受一点。

过了没几天，我和一位学长聊起这个话题："既然养宠最终注定分别，注定有悲伤，那么何必开始呢？"

学长没有直接回答，而是抛出了另外一个问题："听说过关于西西弗斯的那个希腊神话吗？"

故事里，西西弗斯得罪了宙斯，被惩罚将一块巨石从山脚推到山顶。但每当快抵达山顶的时候，巨石就会滚落回山脚。

"困扰你的，无非是——如果生命注定会消逝，相逢又有什么意义。那么，西西弗斯所做的努力，在你看来，有意义吗？"

"没有意义。"我懵懂地回答。

"单以西西弗斯注定要失败和生命注定会消逝这一视角来看，似乎是没有意义。但我们能不能尝试从结果论切换为过程论呢？也就是说，在西西弗斯每次推动巨石的过程中，在不同生命每一次相逢的过程中，我们能否收获什么？"

学长的一席话，让我陷入沉思。

与南风的相处过程中，我们彼此之间多少都有不满之处，但依然不影响我和它依偎在一起时的亲密。正是因为夹杂着生气、难过的心情，才让过往每个欢乐的、温馨的片段，被衬托得更加熠熠生辉。

我以为自己是养南风的主人，其实南风是第一个身体力行去给我完成"生命教育"的老师。

谢谢你，南风，让我学会了面对一个小生命时，应耐心、包容，以及好好告别。谢谢。

我不知道，自己什么时候才会真正放下对你突然告辞的遗憾。我也不知道，自己什么时候才能重拾对一个小生命负责的信心。

此时此刻的我只想问问，在喵星的你，现在过得如何？

"南风知我意，吹梦到西洲。"

只愿微风能将我的思念和祝福吹入你的梦中。

奶奶和她的猫

猫咪　小花
作者　晓凡
职业　警察

我奶奶在 2022 年的夏天去世了。我的爷爷比她早离开 25 年。在所谓的"守寡"的二十五年中,她大半是独自在农村的老宅子里度过的。

父亲时不时会去探望她。有次,我陪父亲回老家探望奶奶,午觉睡醒后发现奶奶在院里的大树下晒太阳。我觉得奶奶一个人实在是有些寂寞,就提议说让她养一个小动物,别浪费了这么好的农家小院。结果我这想法一说完,就打开了奶奶的话匣子。

奶奶说,前些年曾养过一只小花猫。

农村老人所谓的养猫和现在城里养猫不一样,不经过猫舍、宠物店,更没什么品种之说。那个小花猫是她在村头抱回来的,抱她时她脖子上有个伤口,奶奶看她可怜,给她抹药擦洗,我叔叔家的两个堂哥放了学会给她抓蚂蚱吃,半个月伤口就全好了。

奶奶说:"她很懂事,好似报答我们家一样,跟了我们七八年。都说狗是忠臣,猫是奸臣,谁家给她好吃的就跟谁,这个小花猫可是一点都不奸,她对我们家太忠诚了。"

小花猫也没有名字,或者说就叫"小花"或者"小花猫"。那时村里讲"贱名好养活"，人的名字都不讲究，更别提动物了。

那些年，奶奶几乎每年都到我们家来过冬，小花猫自己守在老宅，在奶奶这个院子里待几天，再到隔壁叔叔家里待几天，逮了这边的老鼠，再逮那边的，别人家从来不去。等奶奶回来，小猫就靠着她，连叔叔家也不去了。

有一年，她的肚子大了，奶奶一看就知道她要生了。奶奶给她准备了一个小箱子，准备让她在箱子里生小猫、坐月子，但是直到她的肚子没有了，也没见到小猫，奶奶有些生气，就在她吃饭时就数落了几句："你这个小猫真是不像话，生孩子也不生在自己家，我又不是不给你准备窝，也不是不给你喂饭，生了孩子也不是不伺候你，你咋这么不懂事呢？"

她好似听懂了一样，一声不吭，只是低头吃饭。第二天早上，她早早来到奶奶床边叫了好几声，等奶奶过去一看，四只小猫都回来了，安安静静地窝在箱子里。

奶奶平日里没事的时候就会和她说话，她听奶奶说一会，便喵一声应着。小花猫吃饭从不挑食，给她啥就吃啥，也不浪费，每次都吃得干干净净。我爸爸脾气大，她好像也都知道，我爸在都不敢进屋，奶奶要叫她好几遍，她才胆怯怯地进来。奶奶叹道："唉，好似个受气的小丫头。" 我叔叔好脾气，每次来了，她都主动依偎过去，围着他喵喵叫个不停，像撒娇一样。

"后来她老了，吃得少，跑得也不快了，我就更加上心，喂她点好吃的，可那年过完秋就不见影了，再也没回来，你说她气人不？老了老了，她又不听话了，后来，就不想再养了。"奶奶眯着眼睛自顾自说着。

我童言无忌，想什么说什么："奶奶，你的小花猫不是不听话跑掉了。季羡林有篇文章说过，动物的不辞而别，是知道自己快不行了，怕养它的主人伤心，偷偷找个地方走了。"

奶奶愣了一会，说："原是我错怪她了，真是个懂事的小花猫啊。再养一个，不知道还能和她一样吗？"

奶奶终是没再养过一猫一狗，直到去世。

不知道小猫会不会怪我，把她离开的真相告诉了她的主人。

宠物殡葬师的
来信

猫咪　妮妮
作者　兔兔
职业　宠物殡葬师

"好死"

中文里有句骂人的话，叫"不得好死"。可见人们虽不常谈"死"，但对"好死"是十分看重的。

从事宠物殡葬以来，我逐渐发现，能够好死，有时候比不求质量地活着更难完成。

在我们送走的毛小孩里，有非常多因为疾病而离世的，有的因为疾病和治疗方式变得消瘦甚至残缺，有的因为癌症等病痛，身上留有再也不会愈合的伤。

它们的样子往往与家长发给我们的可爱照片有着极大的差距，作为殡葬师的我们，也会在交谈中不可置信地说："这真的是它吗？为什么会变成这个样子？"

当然，我们也遇到过很多为毛小孩选择安乐的家长。它们的毛小孩看起来像是平稳睡去，大体的状态松弛，面部的表情也更加柔和。

也许是因为它们没有把痛苦带到生命的最后一刻。

在送走这些毛小孩之后，我常常在思考一个问题，到底什么才是真正的"好死"？

只是把它火化，然后变成骨灰带回家吗？

还是给它做一场告别仪式，降低内心的愧疚感？

都不是。

这里不得不谈及"善终"的概念。

善终，英文叫"Good Death"，也就是"好的死亡"。死亡是无法避免的，我们只能尽量让生命的终点不要太痛苦，而"善终"就是最大的目标。

在中国的台湾地区，善终被概括为：了解自己死之将近、心平气和接受、后事的交代安排、时间的恰当性与去世前三天的舒适性。

美国学术界对善终定义之一包括：有效地处理病人的疼痛、或可停止积极治疗，了解并遵循病人临终愿望，死亡时有人陪伴与有尊严的死亡。

在瑞典，善终的六大特性为：症状获得控制、接受自己生病的外表、人生的后事由自我决定、自己对身后事已经交代、冲突事件的妥善处理与社会互动良好。

日本对善终的属性定义为：生理与心理上的舒适、止痛药适量的使用、病人外观维持美丽且有尊严、环境上舒适与对死亡有所准备。

对善终应至少有三个层面考量：身体平安、心理平安和思想平安。

身体平安：身体的痛苦减到最低，临终过程不要太长，身体完整、清洁。

心理平安：心中放下一切、不感到孤独，心愿已了并无牵挂，在喜欢的环境中享受生命最后的时光。

思想平安：相信自己度过了有意义的一生，坦然走向此生终点。

这对人和动物都是适用的。

值得注意的是，好死并不能被简单地理解为安乐死。

有尊严地离去并不等于"安乐死"，而是指应协助生病的毛孩子或者是人在自然死亡过程中，提升生活与死亡品质。在这个过程中，人们不会过度医疗，也不会盲目放弃生的希望。

好"死相"

"好死"离不开好的"死相"。

非常可惜，"死相"的讨论，不论是关于人还是动物，都是不足够的。电视剧演人快死的时候，往往都是交代几句后事，讲完了，头往旁边一倒，就这样走了，实在是过分天真、过分失真！

舒服的死真的没有那么容易！

在人类的安宁病房中，要舒服地走向临终，除了有舒适的照护设备、医疗上的疼痛舒缓管理之外，同时还要有心理师、营养师、社工、护理师等等，特殊情况还有神职人员。这样一整个团队的协作，让人在生命末期达到身心的基本舒适、实现疼痛的舒缓或移除，才能帮助处于生命末期的病患实现善终的目标。

人类的善终是被计划和管理出来的。

那毛孩子呢？

毛孩在医疗上更难拥有 24 小时不间断的疼痛管理，有些疼痛（例如神经痛）是目前的药品没办法压制下来的。

肺充满积水导致吸不到空气，会好死吗？

肚子鼓胀充满腹水的感受又是如何呢？

体内的肿瘤破裂了，大量的内出血，又算是什么死呢？

……

以上这些"不好死"的状况，死相会是如何呢？

若毛孩临终前有胸腔积液，去世后，液体会从口鼻一点一点慢慢流出。

若临终前有腹水，腹水有时会从皮肤直接渗水，且大体腐败的速度来得更快，很快会肿胀，散发味道，在12小时内（甚至6小时内）就要进行下一个步骤——冰存或是火化。

若肺部肿瘤破裂，临终会有一分钟急喘，直到休克死亡。

而临终前，大多数毛孩子会全身肌肉用力，临终后僵硬的速度就会比临终前是放松的状态要快很多。若临终前处于缺氧、抽搐等极端状态，身体大概半小时就会僵硬。

除了视觉，不可忽视的还有嗅觉部分。体外肿瘤破裂的气味是很可怕的，服务完这样的案例，我们隔天甚至第三天都还闻得到残留在鼻腔里的气味。

……

相比之下，全身放松状态下离世的个体，会维持近两小时甚至更久的柔软，这更会呈现在面部表情上，安详与挣扎的遗容间的差别是一目了然的。

这些都是"死相"的一部分，也会是人们记忆中，离去的个体最后的模样。

作为见惯这一切的殡葬师，我对死亡其实早有思考。不仅仅是关于我的毛孩子的死亡，甚至是关于我自己的死亡。

我不希望我的好友们围观我的病容，我个人甚至不希望别人看到我的遗容。我希望在自己还能好好说话时，办个生前告别式。

我希望大家对我的记忆停留在我活着时的样子，记得我的声音、我的笑容、我的为人、我们之间的爱……

这些记忆不会被暗沉、僵硬的遗容所破坏。那真的不是我想要让大家看见和记得的样子。

何为"圆满"

"圆满"可能难以定义。幸运的是，在我的职业生涯中，不止一次见证了"圆满"的发生。

对于圆满的理解，并不是一场仪式要如何盛大，而是在整个过程中，毛孩子可以安稳地、有尊严地离开，家长也同样可以得到理解与关怀。

殡仪师存在的意义，也不仅仅是为毛孩整理好遗容或是留下纪念品那么简单。在与家长的交谈中，通过仪式的引导，能够让家长领悟到毛小孩留下的永恒的生命礼物——往往不是具象的东西——也许是毛小孩教会了我们要耐心，要有责任感，也许是毛小孩让我们得以感受生活的美好与生命的强大……这样的引导，也是殡仪师的使命。

告别仪式期间，阳光洒向告别间的时候，死亡的阴霾会逐渐消散。

家长们因为爱相聚在这里，围坐在毛孩的身边。

睡篮中的毛孩此刻是干净可爱的。它们似乎没有离开，它只是躺在那里休息。我们为它布置睡篮，每一个放在睡篮里的物品都是我们给即将远行的孩子准备的行李。我们给毛孩子准备鲜花，点缀它们回喵星的旅途。

虽然这些仪式无法改变毛孩离开的事实，但在这个过程中，有了温暖与希望的空间。

提前思考死亡，与好好生活并不冲突。只有当我们愿意面对、愿意放手、愿意规划时，我们才能减少伤痛与沉重，才能微笑着与挚爱道别。

那才是最有尊严、最无憾的圆满谢幕。

我很庆幸我有契机提前思考这些问题。

2022 年 10 月，我自己的毛孩子妮妮的病况已确定不可逆。

在她无法入睡、不愿自主进食的第三天，黄疸严重，肝功能已崩毁。虽然病况未走到极端，她还能自主行动且对人有反应，但身体每况愈下，医疗已无法介入。

我们做出了决定，对妮妮执行安乐善终。

我清楚，若是贪图存活时间，是要用让妮妮的身体"吃全餐"来换的。让妮妮的身体被各种病症折磨个遍才执行安乐绝非我们所愿，更会让我们后悔一辈子。

妮妮舒服地在睡着的状态下离世。她的身体肌肉是全然放松的，在离世后维持了三个小时的柔软，与平日我们认识的妮妮极为相像，只差眼睛里没有灵魂而已。

也因为死前病况并非极端，妮妮到火化前都没有不好的气味，仍散发着我们喜欢的"妮宝香"。

让妮妮在相对好的状态下安详离世，并让我记忆中的她最后仍是这么美丽，不论是对她生命的尊重，还是出于自己内心的需要，这都算是一个最好的结果。而这个结果诚如"善终"需要被管理与安排一样，是通过提前思考和计划被执行出来的。

结果都是死亡，只是路径更为温暖、导向善终。

死亡是每个生命体都不可逃避的事情，可是善终却是每个人都可以追求的权利。

让离去的毛孩得到善终，让失去宠物的家长善生，让这段缘分得以善别……人生最后一件大事，也许学校没有好好教，家庭没有好好教，毛孩子却成为我们生命课题的宝贵的老师。

留白·未完的故事

与生命对话

你如何理解或面对死亡与离别?
分享出你的故事吧!

脚印留在时光里,
记忆曾是温暖的陪伴。
当它化作星河中的一缕光,
你如何表达脑海中那些未完的絮语?

请在此处写下你的故事,
关于离别的重量、重逢的期许,
或某个被温暖的瞬间。
每一次回忆,都是跨越星河的拥抱。

我们还想了解你多一些，通过以下这些问题——

如果提前知道结局，
你会选择开始吗？

如果猫能活一百年，
你会选择养猫吗？

你如何看待对宠物执行安乐死？

创作如何帮助我们疏解无解之痛?

_____

_____

_____

_____

_____

_____

_____

_____

_____

_____

_____

_____

_____

_____

_____

如果宠物成为主人，
而你变成它的宠物，
你觉得它会如何养你？

想象一下自己生命的最后——
你会选择如何说再见？

怎样的一生是你认为的无悔的一生？

_____

_____

_____

_____

_____

_____

_____

_____

_____

_____

_____

_____

_____